汴京殘夢

黃仁宇 繪著

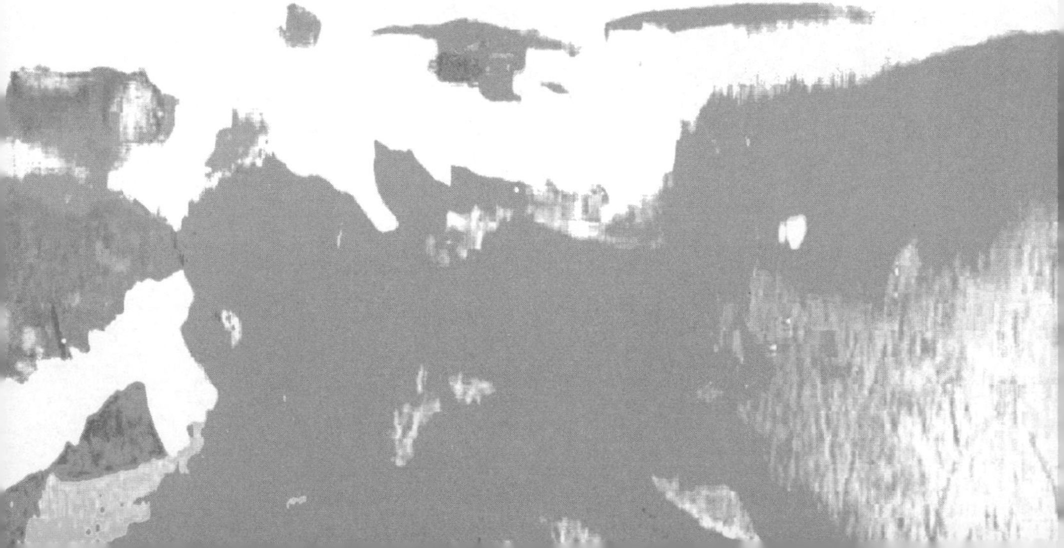

編前語

歷史學者黃仁宇著有多本重要歷史著作：《萬曆十五年》、《赫遜河畔談中國歷史》、《中國大歷史》、《資本主義與廿一世紀》、《近代中國的出路》，在海峽兩岸皆引起廣大迴響。然而許多讀者所不知的，是他也曾經以筆名「李尉昂」發表過兩本小說：《汴京殘夢》與《長沙白茉莉》。

《汴京殘夢》以北宋末年為背景，描述知名畫作《清明上河圖》的繪製過程，帶出一段浪漫感人的愛情故事。在小說中，作者脫去了學者的嚴肅身分，以豐富的想像力編織出精采迷人的故事，刻畫出鮮明生動的角色。北宋末年的氛圍場景在作者的筆下，彷彿歷歷在目。因此這本書自一九九七年出版以來，就廣受讀者矚目。

為了讓更多讀者可以更全面了解這位嚴謹與浪漫兼具的大師，聯經決定以黃仁宇的本名，重新出版這本在任何年代讀來都膾炙人口的經典。期望經過正名之後，讀者可以更進一步窺探大師的風采。

目錄

楔子

——話說那大宋宣和年間，杭州府學子徐承茵、陸澹園、李功敏三人來到皇都汴京，參與禮部應舉，不料朝廷更換法度，廢科舉，興學校，今後取士概由學校升貢。那三人道：「小的熟讀詩書，也及於押韻黏貼之類，怎奈朝廷朝令夕改，於今倒只注重書畫醫算，與小的等十年窗下功夫本末相違。此莫非前功盡棄，直恁地了得？」

——慢一點，你寫的書是準備唸給明朝的人聽，還是供現代讀者看？

——何來，——怎麼的哪？

——你的話本要是唸給嘉靖萬曆年間街坊上的人聽，倒也有它的風味。可是你要在新世紀來臨之前作暢銷書，卻免不得另有研究。其務必融合於當代讀者心理。

——可是我所敘乃北宋末年事，難道不顧八、九百年間的差距，用當時人不知其所以然的語句，作當時人無從瞭解之想法？

——你寫的是小說，還是歷史？

——歷史小說。

——這就是了，究竟還是小說。小說者Fiction也。Fiction者寓言也。歷史只注重事實何以如是展開。歷史小說雖不離現實，但是要兼顧應否如是展開，是否另有門徑。因此務必迎合讀者心理，敘實時與讀者一同敘實，虛構時與讀者一體虛構。即縱有瞞謊之處，亦要吊通讀者彼此包瞞圓通，否則武松赤手空拳打死老虎，盧俊義壁上題反詩而不自知，宋江在李師師宅之陰暗處窺見徽宗等事，又如何站得住腳？難道全能禁得起合於邏輯之質詢？

——那麼我這文稿，你以為是話本的，應如何處理？

——放棄它，一切重來。

第一章

他雖然氣喘未已，卻神智清醒。

他知道自己亟應站起來。如不即刻站起，可能永不會站起。尤其也要使坐騎迅速的站立得起來。馬匹四腳落地，可不是好現象。

他們已在下山的坡道上，這是一座小山坡。繼續下坡，應離人煙之處不遠，或者前面即是真州。

陳進忠到哪裡去了？這傢伙……

不，他不當對自己的馬弁懷疑，他不過往前探視，打看有無村舍，可否找到一個落腳的地方，也先替他找一杯開水喝。要不是他如此一介孤忠，他不可能隨著自己到這蠻荒絕境裡來。為什麼他連馬也帶走？他不得不如此。這裡一片荒涼，連一株繫馬的樹樁都沒有。

要是能撐到真州那就好了。先不管他金人是否駐在，討到一杯開水喝再講。況且「渡易水，歌燕市」，他別無他法，只有有進無退。

他一閉眼就到自己母親，不知她老人家這時在杭州家鄉在做什麼？還在績麻？她曾不時替自己沏得一壺綠茶，現在兒子連一杯茶都喝不到了。她老人家連壺嘴已砸破的茶壺都捨不得丟。她開口就說：「他們都不叫他徐老爺和徐相公了。有些外頭衙門裡來的人就提名道姓的叫他徐德才……」

他在杭州時真耐不住她的囉嗦。為什麼現在置身在河北的荒丘上，倒記得起這些話語？人窮則思父母，這話是說得不錯的。可是他並沒有聯想到自己的父親。他名叫徐德才，人家都以為他是徐得財。結果又無財可得，還被人視作「工商異類」。怪不得自己三代無名，無法與公卿將相的子弟較量……。

不，他不應當如此輕蔑自己的父親。好子不厭家貧。他不是立志自己打開一條出路？不是決定以軍功起家？並且吟誦著「聖代即今多雨露，暫時分手莫躊躇」麼？他仍是只有有進無退。

他強睜著眼睛想站起來，只是氣喘未已，站不起來。眼看那坐騎也和他自己一樣，在很費力的吐氣。要不立即站起來就會永站不起來了。他想來害怕，所以再又閉目思量。

閉下眼睛，他又見及祝霈，畫學正何敘，集賢院領院事的鄭正，和他一起去南薰門裡油餅店喫茶論說的太學生，甚至和他一起搭船南歸私帶駱駝毛營利的白某。何以會牽涉想上這許多不相干的人？他想逃避當前現實。他想把所躺著的荒丘和垂死的坐騎當著一場夢寐看待。他只能從遠處著想。他想著在清江口學畫船，在萬勝門練騎馬，在潭州或長沙買毛邊紙習大字，河陽，江州，荻港，姚溝，蔣埠……

可是忖來想去，他忘不了那張擇端帶稚氣的笑容。他也難忘記李伯紀大人穩紮緩進的策略，又不時仍想起五姊茂德的「汴京八景」。想及這些人，也逐漸將自己帶回此時此日，重歸於此身此地。因著陸澹園而憶念著小妹蘇青，因此也聽見她所說的：「哥哥好生照顧自己，娶個好嫂嫂，好生服侍雙親，那我也放心了。」

想及蘇青，也想及曾有牀笫之緣，卻未親芳澤的樓華月。為什麼把全不相干的女孩子混在一起？只見得紅顏命薄，上下皆然。即是蘇青今日成親，以陸澹園的習性而論，她的前途仍在未卜之數。想及五姊，必然也想到她那「淘氣的小妮子」之念妹。這時候引上心愛人，不禁心頭刺痛。

這兩年來的經驗：一觸及自己心愛人，欲即不得，欲見不能，兩年之內也難能通上四五道書信，總是隱伏著前途未可知之數，想來不免心慌，現在既已呼吸不靈，不能再犯上心慌。

難道綠窗新語，煙雨傳奇，你讀「見關」鶯語花低滑，我讀「瞰關」鶯語花低滑還不令人尋味？誰不知道瞰即是見，而且句中也帶著芳馥的氣味？他們之間還有「紫徑擷英」如此離奇之事？又有「蘇堤對岸人畔柳」水中看去的倒裝法？再隨著「九嶷山裡深處，洞庭湖岸近旁」的兩地相思，這不全是古今帶著流風遺韻的人物也難能遭遇的機緣嗎？

可是至此看出：「此情可待成追憶」，一切都已既往。今生無望已是大勢所趨了。他一生只見過她三次，這第三次，很可能為最後一次。他為什麼要在道別時說出「天上人間會相見」的不吉祥語？可能此句已成讖語，他還害怕金人還要將她派嫁番王。這時候救護不得，自己臥在荒郊，坐騎待斃……。

為什麼陳進忠還沒有回來？看來他永不會回來了。

不，他扭轉自己。不承認也否定今生無望。再過一會子，只要氣喘稍止，他仍要掙扎起來。縱使「頻年躑躅成夢幻，幾度馳驅付塵煙」，他仍舊可以捲土重來。要點在想寬想大想遠。

他還在候著陳進忠。馬弁回時，他要他將自己攙起，馬也扶起，這才是捲土重來。他一定要從高處深處和大處著眼。

他可以遙想五年之前還沒有和心愛人邂逅時的情景。不要沉湎著現今是靖康二年，或者什麼建炎元年。讓它倒推回去，只說於今又是宣和五年吧。

第二章

宣和五年三月二十日，徐、陸、李三人在敦義街鐵老虎巷劉家縷肉店晚餐。這家燒得好的炙金腸，主菜則有沙魚兩熟和蕈炒腰花。這裡的店小二早已知道三位老主顧乃是今朝的文魁才子，他日的尚書侍郎，於是引進後樓的僻靜房間，不容下流妓女闖入賣唱乞討，也負責擋住本路查問的巡檢。三人才能在酒飯之餘暢所欲談。

酒過三巡陸澹園臉已微紅，此時說起：「我想這一套視作荊國公的新法與否無關大局，主要的它一定行得通。」

徐承茵提起他的注意：「你去年冬至前還說公算不高。」

「承茵兄，此一時也，彼一時也。」陸澹園再呡一口，繼續說出：「迄至年底他們還只讓我們清點騎兵數目，我還是將信將疑。可是於今他們將步兵人數也一併交付我們清理，這是一個重要的關鍵。」

徐承茵心裡明白：陸澹園算學剛畢業，即派至新成立的審計院。初時尚不過是見習官，也和其他人一般無二。可是自今年元旦起，天下兵馬人數全讓審計院清理。然來樞密主兵，三司主財。各節度使和各都統監所報的數目總是至樞密院的少，以便在作戰時推卸責任；至三司的則多，以便虛冒糧餉。於今審計院職在照磨，亦即是要查勘得明白。不僅報至京師各衙門的數目要彼此相符，即各路的總數也要與下屬的分數能夠核對。於今院裡又擴大職權，陸澹園也加入了一個離奇的頭銜，稱為「延引官」，有從八品的級位。

誰不知道「不怕官，只怕管」？於是各路派來京師的承應人員少不得要到審計院問安送禮。主要的任務乃是解釋帳目上的數字彼此不符各有緣由。當中有結帳的前後時間地點不同，也有犢馬出生，也有嚴寒凍殁，還有亡走復歸，總之即少有不符，亦無虛冒隱瞞情事。於是圓通默許之後審計院人員也一齊沾光，他們的舉止較一般京官闊綽。正今陸澹園也腰束一條時尚的鵝黃圍腹，較兩位學友的氣派要寬裕得多了。

說到這裡陸澹園又用一隻手指著承茵：「你們那裡怎樣？畫卷有標題作交代沒有？」

徐承茵只連續的搖頭兩次。這時候只有李功敏還是默默無語，他斜面對著鑲銀竹箸上的刻字直看。竹筷上的刻字為「人生一樂」。樂字用行書，寫如牙字多一捺，「乐」。箸箸如是，自甲子、乙丑、丙寅年間至今並無不同之處。但是李功敏——於今國子監的助教——看去的時候好像當中有很多值得思量之處。陸澹園打破他的凝思。他發問：「敏兄，你看如何？」

李功敏放下竹箸，又慢吞吞的喝了一口茶，才以長兄的身分講出：「我的看法仍和以前一樣，新政行得通行不通不是我們三人可以解決的問題。我們的辦法無非安分守己不求急功。陸兄既已升了官，徐兄也為畫學副正——」

「畫學諭，」徐承茵更正了他。

「好，就是畫學諭，也是正九品。於今朝廷待遇的俸祿也不算過薄，聽說今年香殿之間祿米還要增加——」

陸澹園據所知插入：「最低限度以前的每月二石，今後一律三石。」

徐承茵聽得這消息也不免感到興奮。月入三石。他在東京並無眷屬。要將三石祿米的領單賣出，又有兩季絹布，又有街上作畫的出差費，則月俸的十四千總也可省下七千八千。蔡太師的新政對各人目前衣食上講倒確有好處。

李功敏又拿著筷子上的字在看，可是這國子監助教並未就《說文解字》闡釋箸上篆文，而在繼續著他三人遭遇的話題。「我想人生上最重要的無過於知足。兩年前我們來到汴京，時值朝廷更變法度，廢科舉，興學校，我們錯過機緣沒有趕得上進士及第，榮宗耀祖，這算是不幸。但是不幸之中也有大幸。因為如此大家都能入學就業。據現今的辦法一萬七千多人考六百個進士，即算皇恩浩蕩將名額增至七百，也仍是大海撈針，並沒有探囊取物的容易。與其考得不中鎩羽而歸，倒不如大家都撈得一官半職的實際。」

可是他的解釋觸動了徐承茵胸中之不平。「功敏兄長，」他不由自主的說，「話不是這樣講的。當初廢科舉，興學校，此乃朝廷制度，我們沒有話說。可是學校不行，再興科舉，我們也應當一體參與應試，這是我們的本分。」

李功敏這時放下了竹箸。「你說禮部應考是你的本分？」他睜著眼睛向徐承茵質問。「有些應考的舉子還說一體入學才是他們的本分呢！即是我們的太學生還相信我們學書學算學畫的才逢得上天賜良緣呢！一年半進學，兩年得官，他們還在羡慕我們。於今進士還不知道能否繼續。如果照陸兄說的新法準行得通，將來朝廷就要把你們首批學算學畫的當作頭等人才。其他科舉出身搞九經十七史的只好瞪著眼睛看。」

陸澹園笑著說：「我想還不至於到那種程度。」

李功敏說：「你們還不相信。只要問我們的學生，你問他們還是現在待著守株待兔的準備科甲好，還是像你們一樣一心就業的好？我敢擔保十人中之九人和我們一樣的先撈得一官半職。」

徐承茵心裡明白，李功敏雖然和他及陸一樣沒有考上科舉卻上得書學，於今任職國子監，不論好壞仍是正途。即使朝廷政局有何變化仍不能動搖他的事業。況且門前桃李，將來總有幾個太學生會在功名上出頭。來日記惦著老師，也免不得一番照顧。不像他和陸澹園一樣一切靠蔡公新政。萬一新政垮台，則兩人前途全無憑藉。

徐承茵杭州府錢塘縣人，他祖先徐新銓與徐新鑑二人在唐朝末年隨著吳越王錢繆創天下。新銓為指揮使，新鑑為王府賓客。徐門也是第二流第三流的世家。發跡之後，他們來杭州城外靠湖處合造一所大廈，時人稱為徐家大屋。又請了一位儒師作有輩名師，讀如：「新庭流彩，嘉賢同攸，積德承福，鴻瑞永休」。意思是兄弟和睦，既有光亮的新居，兩房的子孫也必效法祖先愈會攢積，將來繼宗承業，保存著他們的胸襟之抱負和吉祥的嘉兆。不料錢家四傳而有立嗣之爭，吳越王錢倧為錢俶所廢，徐家亦遭波及，總之即是兄弟叔侄，參加對立的兩方面，弄得兩敗俱傷。徐承茵的一房出自新鑑，雖然沒有和新銓一房樣的子孫流散，也就聲望大不如前。及至大宋年間徐家大屋早已水塌，新建的大廈，也遠遜於昔日的規模，只是人家還知道杭州小西門外有徐家新屋，於今又已百年，徐家新屋也已早為徐家老屋了。

照輩名詩上看去，徐承茵之「承」字乃是徐新鑑之十世孫，至此新鑑一房也曾一度中興而再式微。除了有些支裔遷居各地自謀生計外，各房人眾聚居在老屋內，不免湫隘，田產則因分析賣當而萎縮。徐承茵的父親徐德才因著家計曾一度於杭州明金局任採辦之職。明金局為朝廷供奉而設，內中有些物品須要裝潢鋪墊。徐德才因為與城內街坊熟悉，因此得替局內辦事的宦官作中介人。採辦也非固定的官銜，也不過是供傳奉時方便的稱呼，所得三千五千，不過餬口。

徐承茵原名承恩。也只因徐家缺乏讀書人，才讓塾師給他取下這樣一個尷尬的名字。徐承恩長大讀書之後深覺得自家名字一看就像宦官僕從或他人之佞倖，曾屢請本縣儒學教授改名。教授稱姓名已填入縣中小錄堅持不允。復一日承恩又謁教授。這次教授倒不待他開口業已道出：「你運氣好，現今查出三十年前縣裡名單已有徐承恩其人，三個字一筆一劃與你的姓名全部相同，如此你可以依例改名。我正在申請將你的恩字下面除心，你今後可稱徐承因！」承恩仍是不快，因為承因可誤為塵因或澄音。只是剛離開了宦官之名分，又帶上了釋氏沙門的色彩。教授也看出了他的意態怏怏，就說：「這名字已填入姓名錄裡去了。好了，我現在再在因字之上添一草頭，看來還添得上，也不現痕跡。這可算通融方便已到盡頭，不能再改了。」

如是徐承恩，初為徐承因，終為徐承茵。

及至省裡應考也發生了問題。原來學子應考當什伍聯保，不能有孝服未除，僧道反俗和工商異類的混入。這「工商異類」的名目在太祖時即經見諸文書，以後也無人關注。此次則因徐承茵的父親徐德才曾任明金局採辦，有人以匿名信告到府裡稱徐家非仕非農不能混雜入舉子試。府裡教授召集應試的學子評判。仁和縣的李功敏和餘杭縣的陸澹園本來和徐家有來往，至此仗義直言，說明徐德才並非匿名人所告之徐得財，既非市儈，尤不是工商異類。實際上徐德才源出錢塘望族有若干人證物證。據此徐承茵才能參與府試。有了這段周折，三人成為莫逆之交。及至來到汴京，大家無緣參加禮部會試與明俊殿的殿試，更覺得風雨同舟。他們在所謂「郡齋」，亦即臨安會館食宿的時候，已是朝夕與共。以後經過所謂甄別考試，三人入不同的學校，但仍不時聚首，一則探問家鄉消息，一則交換各人就學進職的經驗，藉此窺測朝政對大家前程的影響。劉家樓肉店地方方便而不吵鬧，正是三人喜愛處。

提及朝政和學規，則自神宗皇帝頒發王安石的《三經新義》以來，距今將近五十年，朝令夕改也不知多少次了。並且一朝罷詩賦，重德行；一朝又重策對，用字說；一時《春秋》也不許用，一時又滲入佛老，廷試也三年一屆以後又擱置五年不行，以致天下塾師都不敢相信自己。有些人將課讀生徒的講義分作兩種抄本，藍本為應付當今持政所提倡；另備白本講義私用，也作為對付時局改變，須要歸原復舊之張本。

徐承茵自束髮就教以來即聽得先生說起：「你看眉山蘇東坡作〈賞罰忠厚之至論〉說什麼『可以賞可以無賞，賞之過乎仁。可以罰可以無罰，罰之過乎義。過乎仁，不失而為君子，過乎義，則流而為忍人，故仁可過也，義不可過也。』這分明是胡說！未來有功則賞，犯罪當罰，法律總要有一個準則！怎麼又由他蘇東坡提出一個可以賞也可以不賞，可以罰又可以不罰之曖昧游離的境界！到頭只能憑他蘇東坡一人作主，憑己意武斷，凡是迎合他的主張之人皆為君子，凡反對他的盡屬小人！」

現在看來這先生也仍是腳踏兩邊船。他一面支持新政，痛斥蘇東坡和司馬光；一面也朗誦他們的文章，也令士子記在心頭。於是倘若新政不行而復古，蘇馬復生，正邪倒置，他們已有準備。

並且徐承茵來自錢塘縣，家又在小西門外，面對西湖，不覺對蘇東坡先生有一番尊敬。他小時就聽說蘇公知杭州府，替本郡做了一件功德大事。原來西湖水涸，運河引海水通舟，一時杭州城內外地泉鹹苦，居民遷往他處，整個市面有蕭條之虞。蘇知府發動軍民十萬人鑿六泉暢通湖水。又把葑草拔除築為蘇堤。湖邊則遍種菱角，又責成種菱人戶繼續剷除葑草。從此江潮不復入市，飲水甘美，人民安居樂業。他去後人築祠祭祀。即朝中貶蘇為奸黨，他在杭郡仍是香火不絕，即新來之地方官亦無法禁阻。

可是身在江南家鄉有一段看法，現來闕下又有一種看法。原來蘇東坡、司馬光等人主張一切大而化之，雍容為一切之根本。王安石的一派則重功利，不含糊馬虎。改革派從重新註解經典做起。孔子說，「不義而富且貴，於我如浮雲。」可見得富貴之本身並非即是不仁不義。孟子說：「王如與百姓同之，於王何有？」也就是說好色貪財乃人之天性，只要上下同好，公開承認，又有何不可？於今蔡太師提倡的「豐亨預大」也是這個道理。豐者大而多也。亨者通達也。《易經》就說出：「豐亨王假之，有大而能謙必預。」亦仍是王與百姓同之，有政府作主，既已操縱了充分的物資與實力，今後繼續擴張發展，也用不著誇大其辭，即斷無不能通預之理。

徐承茵也非冥頑不化。他起先以為貶司馬光等三百餘人為奸黨，將姓名鐫碑刻石，由今上皇帝御書於端禮門外，其子孫不得應試，皇室不得與之通婚，而且奸黨家屬不得來京師百里之內，未免做得太過。後來日子一久，把內外情勢看清就知道黨錮之禍與文官組織考選制度無法分離。既有科舉則不能避免舞文弄墨，以文字上下其手的習慣。也無法遏止家庭親族間的恩怨。誰不知當今蔡太師之弟蔡卞，即是荊國公王安石的女婿，要他反對新法，也就是緣木而求魚了。並且大家都知道司馬光道德文章冠天下。朝中將他的名字列為奸黨之首時，還有一種說法：當時做工的石匠拒絕把自己姓名一併鐫在石上，以免千載之後當戴著一個陷害忠良的罪名。可是現在看司馬光劾王安石的表，內稱：「安石首倡邪術，欲生亂階，違法易常，輕革朝典，學非言偽，王制所誅，非曰良臣，是為民賊。而又牽合衰世，文飾奸言，徒有嗇夫之辯談，拒塞爭臣之正論。加以朋黨鱗美，新舊星攢，或備京畿，或居重任，窺伺神器，專制福威，人心動搖，天下驚駭。」這樣的文辭也是盡其刻毒了，如果真的經過宸斷批可，也是要置王安石等人於死地。怪不得新黨得勢也要斬草除根，務須杜絕諸人親屬子弟再來時，又以道德的名義翻案反正了。

只是當代新法與荊國公王安石的新法更進一步。蔡太師不僅慫恿今上行方田法，重權運，也鑄當十大錢，將京官薪給一再調整，又整個改變學制。詩詞歌賦都是無病而吟，供文人含糊其辭，用作道途諷刺，掩過飾非的工具。只將蘇東坡之「可以賞可以無賞」變本加厲。學子須刷清頭腦務必從正字習畫學起，以便耳目一新。當然醫算也關重要。他們應舉而來的二千餘人雖沒有遇到考進士的機會，卻仍給予甄別考試，內有字法、畫筆、算數、醫理四項。其中畫筆一項出入意表之外的，乃是令各人自憑己意畫茶壺一盞、茶杯兩只擺在盤中。大部學子只以為試題出得滑稽，於是畫得東歪西倒，方圓失據。殊不知當局認為的格物致知正心誠意，即在這實際的地方著手。榜出之日，凡在書、畫、醫、數四科之中無一技之長的，一概遣送回籍。李功敏寫得字好，陸澹園長於計算，已是由來有素。徐承茵之能以畫見長，則來自一段奇緣。

然來承茵手短。大凡身長五尺半的男子，手長從肩骨至手腕最短也有三尺一寸。獨徐承茵只有二尺九寸。他的手指也粗短。於是他寫起字來，筆筆剛韌而突出，缺乏一般人的秀麗。惟獨畫茶壺他乃是能手。這也緣於他閉戶讀書作文時，他的母親經常給他沏得一壺好綠茶。每當文思乾澀，需要停頓休憩，重新考慮之際，他已養成一種習慣，也不離席，只是隨著興之所至的對著眼前事物寫生——畫茶壺。

初時他還沒有體會得到：他一心只想將輪廓上的曲線綿延委婉的一筆勾出。畫得多了，他才領悟弧形曲線無非粗短直線連綴而組成。

他自己的粗硬筆法正符合此需要。只是這些短直線畫得著實不虛浮，轉彎之處只用筆抹過勾點，也就維妙維肖了。

當甄別考試題出之時，其他學生對著試題笑，他自己也笑。可是他所笑與人不同，乃不是像旁人樣以為試題荒謬，沒有叫受試者畫山水景物竹籬茅舍之類，而畫碗盞，他笑的乃是正中下懷。果然出榜之日他被送往畫學，名列第二。後來第一名因生病而中途退出，徐承茵從此成為新成立的畫學中之特殊人才。

然則這番遭遇有好有壞。固然畫重要，可是不待說，他徐家人叔伯一致支持他讀書，原望他一帆風順中了個進士榮宗耀祖，將來出將入相的機緣都在彀中，縱不然也以文墨見長，在御前作學士翰林。卻想不到他將以丹青為一生事業。還有的鄉人無知，他們未曾聽得韓幹畫馬傳神，曹霸圖功臣畢肖也各有一番建樹。他們所知道的畫官，則只有一個傳說中的毛延壽。此人向王嬙家索賄不遂，因之將一個絕代美人畫成一個姿色平庸的宮女，以致漢帝遣她和番，至今為人唾罵。只此一點，他們對承茵的入畫學也無從刮目相看了。

及入畫學，他才知道當今天子也是畫家。御筆所繪唐朝女子熨絹一幅，即一度送至畫學傳觀。當局一再強調畫學的重要：今日之所謂畫並不是憑空製造，而是照著景局寫生，探求人倫物理都從這些地方開始。畫師不能憑畫局出將入相，可是出將入相的基本原則的根據，卻都可以在筆下產生。要構造一幅汴京景物的畫卷即由今上創意作主。他指望畫師之筆像《詩經》的作者一樣將皇都人民一般生活據實寫出，作為施政的根據。徐承茵為這景象憧憬，要是這設計的預想完成，可不是參與的人全都前程無限？

其問題則是無人能擔保這設計能依預想完成。要是再來一次星變，蔡太師的新政傾覆，則參加畫卷工作的人都可以被視為邪派和奸黨。加以現在的主持人劉凱堂性格這樣的倔強，得罪人又多，那種局面真不堪設想。想到這裡，徐承茵也免不了怨恨自己命運之坎坷。要是或遲或早參加考進士之大典，得以占得一個正途的名位，不是可以避免無端的煩惱？

他淨手之後回到餐室，陸澹園已和店小二結了帳，還留下了一百二十文的堂彩。承茵只得喃喃的說：「又讓你一個人破費，真是不好意思！」李功敏從旁圓解：「都是家鄉人，也用不著客氣了。不日徐兄功成，畫卷圓滿，天子嘉獎，翰林院加官，我們可不是一塊沾光！」

這時候店小二又捧入一角冰凍甜酒，不開在帳單上，為店東孝敬。陸澹園將酒倒在手指尖的小杯上說著：「飲罷！今朝有酒今朝醉！」他又提議唱歌。他一開口，李功敏也提著嗓子唱，承茵只好附和。他們所唱乃是當今流傳得最廣的《百媚娘》，作者張子野。詞云：「珠闕玉雲仙子，未省有誰能似？百媚總算天乞與！淨飾濃粧俱美！若取次芳華皆可意，何處比桃李？」

巧的是張先字子野，宜興人。此地在太湖南岸，去三人家鄉杭州府不遠。他所填詞固然按集韻，但如以南腔調唱出，更能表態所敘之扭捏味道，比如「子」和「似」，少帶「紫、緇」之濁音，「與」讀如「呂」，「美」讀如「米」，也就更夠勁了。

第三章

「你還是不和我們去？」李功敏問徐承茵。

承茵回答：「兩兄好意已領會了，只是孤癖的性格一朝難改，務請見宥！」陸澹園推他一把，笑著說：「興來則往，興不至不相勉強，用不著說什麼見宥不見宥的。」

「這樣的澹園兄已經見怪了。」徐承茵意態闌珊的說。

「承茵，」還是李功敏以大哥的資格解說：「你和我們相聚這多日子了，你也應當知道陸兄性格。他如果真見怪，早已向你道出。我們只覺得你一個人回到一間空房子裡去，也怪可憐見的，所以希望你一道偕住。但是各人興趣取捨不同，你覺得不自在，我們強拉無益，還不如等著下一次你興致來時——」

「下一次我一定奉陪，」承茵就此找到機會脫身。

陸澹園此時已經微醉，他用手指點著承茵面上說：「可不要忘了，下次不許推託！」

這時候外面已經微雨，店小二替他們僱了兩部驢車。徐承茵告訴車夫回檀香木後街沁園巷寓所；陸、李二人大概是朝留香院方向去。一到車裡承茵就後悔在兩人面前言辭欠妥。他本來可以用腰酸背疼之類辭語推卸。一經提及孤癖的性格就儼然表示自己的格調與他倆的志趣不同，而且有輕蔑他們的涵義。然則此非自家主意。只是一言既出駟馬難追，只好希望他們兩人真未見怪。

騾車上的油布在潮濕中發放出一股桐油氣味。大街上燈光閃爍，還有不少的人在雨中來去。

這東京到底有多少人口？此是徐承茵經常想及的問題。官方記載開封府一府十六縣只有戶二十六萬，口四十四萬。此種數字是靠不住的。若真如此則一縣之內不及三萬人數。況且全府必須有戶十八萬每戶二口，其他八萬戶每戶一口，才能頂湊出而不超過此四十四萬。可見得這戶口數只是抽丁納糧的底帳，真的偌大東京有多少人數？民間自有說法：「加之十萬不為多，減之十萬不見少。」如此說來新舊城內男女老幼八九十萬左右應當是一個合乎情理之猜測。

此口數之內妓女不可能少過一萬人，尚可能在兩三萬以上。再加假母僕傭之類靠青樓樂籍為生的人數，應在三、五萬之間，承茵想著早已如此。不然來京應試的學子一次即一萬七千多人。他們一方面競取功名，一方面也隨船帶來各地方物在京出賣。漏付關稅所得盈餘趁此名士風流一番。雖不每人如此，但很少能例外。若無眾多的妓女，如何能容納如是許多的五陵年少？

承茵立足茲土地已兩年多了，他對城內街坊不能全不熟悉。大概朱雀門外凡西瓦子門之南，舊曹門潘樓，泰山廟兩街，相國寺之東南及東北和蔡河北岸滿街滿巷無不妓館林立。

各酒店兩廊小閣子每至初夜必有濃粧妓女數百聽呼召。然來東京依汴河而西達河洛，東南則通淮泗而及江南，東北又自陳橋而通遼，不僅是京師，也始終為四方商販集薈之處，舟車嗔咽。各地販來之商品如綾綢絹布，金銀首飾，食品藥材都在這皇都交卸。雖說有一部分轉口販售他地，卻大部分供開封府耗用。汴梁這一帶卻非工業重鎮，輸出有限。這樣入多出淺，經年屢月如是，何堪維持？其答案則是大部分由家賦稅化為官員薪給士兵糧餉購買這些消費品。另一部分即為花街柳巷所撙得。仔細想來，這也沒有什麼不對的。夫錢者泉也，總要川流不息。你既不許人兼併聚斂，則要使之發散流通。蔡太師論國家財富，「和足以廣眾，富足以備禮」，務須多出多進也是這個道理。

把尋花問柳提倡而為時尚則本朝先有柳永耆卿，後有張先子野。兩人都為填詞名家。然來填詞有很多禁忌麻煩，句長句短已照牌名規律不在話下。而尤其平上出入的要求最為嚴格。可是詞又與詩不同，它上一句可能修飾得極盡其華美，下一句又可以不嫌俚俗，好像以口語道出。於是填詞名手出入於古文辭及白話之間也另有一番境界。柳張二人最能耍弄此雙棲作法，用以發揚他們的詞情詩意。柳耆卿所作「今宵酒醒何處？楊柳岸，曉風殘月」，即表現一種藝術家的放浪不羈，不能以常規相責。又有「黯相往，斷鴻聲裡，立盡斜陽」，卻又表示情緒由美感作主，平白發生，出諸自然，只能從環境裡體會，無法按條理分析。有了這樣的手法與造詣，他們指名道姓的歌頌在東京相愛求歡的妓女，當然把所吹所捧的個個化成仙女下凡了。

柳耆卿敘他與相好的趙香香敘別時，「好夢狂隨飛絮，閒愁濃甚香醪，不成雨暮與雲朝，只是韶光過了」。如此他把離情寫成可以目睹也可以口舔的事物，真有如「剪不斷，理還亂」了。張子野描寫他愛慕的謝媚卿，有一日他和她在街頭相遇：「塵香拂馬逢謝女，城南道。香艷過粉施，多媚生輕笑。鬥色鮮衣薄碾玉，雙蟬小。難歡偶，春過了。琵琶流怨都入相思調。」好像一步一拍，輾轉都入節韻。

至此讀詞的人，全然忘卻所敘女人以金錢與肉體交往，為她們所厭惡的人薦枕蓆，被人稱作「行首」的不堪處。吹捧她們的人也不具錢鈔，而代之以新詞，擴大她們的聲名，卻也在中佔便宜。凡此曖昧虛偽處尚且不容人道出。若有人將之暴露則為不識風趣。

徐承茵也非自始即不識風趣。他初來京師也曾與好友名士風流一番。李功敏已婚。今人生在大宋，婚姻據父母之命媒妁之言而行，沒有古人桑間濮上自尋配偶的自由，所以偶爾在花叢中尋歡，也為時下諒解。徐陸兩人則尚屬童身，隨著去也半由好奇心驅使。春宵一度之後好奇心是滿足了，可是對徐承茵來說，滿足得並不愉快。接奉他的女人知道他尚是童身就張嘴大笑，毫無禁忌，只像領著一個大男孩去洗澡一樣的爽快俐落。兩個身體間無半點羞愧的成分，更用不著說神女巫山傳聞中的神祕與美感了。

汴京的妓館當然也分等級。柳、張二人光顧之處多在相國寺東門大街南曲。館內分為三四廳，內中曲檻迴廊，多植花卉，也有假山盆景，先讓男賓以幽暢的心情接見女仙。房內也寬敞舒適，全部楠木桌椅，琉璃燈台，又全部軟細茵褥。至於三面稜花牀內有板皮則只是洞房花燭夜最後的出處了。徐、陸、李三人問津之處全無此類豪華。一進房即是一副桌椅，一榻平牀。側後有布簾一道，內置馬桶，此外無容身回轉之地。如此排場已明白道出：此間設備盡在房事。室中男女也無通好問款曲之可能及必要。

第二次徐承茵與陸、李光顧另家妓館時，接派他的女子髮鬟生光，雖略現清癯，面容仍為姣好。只是年齡不過十三四歲，一看胸部尚未發育完全。兩人坐在牀沿上，徐承茵尚未問及她的姓名、籍貫，她已流淚哭泣。

「怎的哪？」承茵轉身問她。這女孩仍是淚流雙頰而不言。

他不禁想起自家在杭州的小妹蘇青。她也和這女孩一般年歲。此時他的慾火已無聲的消散了。他仍未解衣寬帶。再看到她尚未發育豐滿的胸部他突然靈機一動。

「是不是怕疼?」他問。

她仍沒有回答;只是點頭認可。

那夜他兩人和衣而睡。他已問明她名華月,開封府尉氏縣人,尚未滿十四歲,為雙親賣與假母不過兩月。他們二人商議不要將一夜和衣而睡的情節向外人宣布。華月怕怠慢了客人被假母責打。承茵怕朋輩取笑說他不是男子。此外他把他身旁餘下的五百文也給了她。

以後承茵多次思量,想再看華月。可是果真探問即會發生問題。如果再去又是和衣而睡則所為何來?並且上次他和她躺在牀上,用手撫摸著她的頭髮,也並非全無慾念。今後再去如果他仍不侵犯她的身體,豈不是證實自己是偽君子?反而言之,若是動手則莫非將上次的好心腸化為假仁假義?

在偽君子和虛有男身之間選擇還不如不去的好。至此他也覺悟到:兩處情形既然如此,其他不待探詢,可以舉一反三。

有此經驗後他再讀《張子野詞》發覺內中一首稱「贈琵琶娘年十二」。至此他更想及自家的小妹與華月。不過他也倒是同情於詩人詞人說的,一個女孩身可以比作一首新詩,也鐘毓於各處山川之靈秀。不然何以稱燕趙佳人南國麗姝?尉氏縣有閔水,經過祥符,合於蔡河,而入開封。此中必有無數河渚灣汊,也免不得近邊垂柳遠處青山。是否華月眉顰之間也留下此中縱橫曲折的風味？她在茲地長大，於朝暉夕映之中不可能對本土全無牽掛。他上次還沒有問及她讀得書時又必定在字裡行間對當地景物更多一重記憶。可惜年只十四就給雙親賣與他人，從此也無緣重溫河邊堤畔少女之美夢了。

想到這裡承茵也猛省到，那夜他和華月和衣而睡也是人生難得的奇遇。他自己甚可已因憐生愛。本來理想總比事實完美。既然如此，他更要保全此理想上完滿的境界。如果再去看她，必為付纏頭費，給小帳，認假母，稱行首弄得骯髒。況且他因憐生愛，既愛則眷的情形下更無法應付。他既不能娶她為妻更無從納她為妾，如果真情眷戀，又何忍讓她含羞忍疼的服侍他人？

這些情節雖在好友陸澹園、李功敏面前無法解說。他自己尚且承認一片柔情非男子漢大丈夫所應有。因之陸、李兩人邀他再赴留香院時他只稱性情孤癖。此係推託之辭，也係實情。

這樣一來他更領略朝廷排斥詩詞歌賦的原因。詩歌是非掩過飾非不說，總之也令人進入一種形影模糊的境界，與蘇子所謂「可以賞可以無賞；可以罰可以無罰」總是大同小異。所以今朝取士不重詩詞而重書畫，而且要畫得切實，從茶壺與百姓日用方面著手，並不是沒有它的道理。

雨已止了。他在沁園巷巷口下車，付了車費，敲門走進盧家宅院。他所租東邊廳房另有門房一間，現為書畫局派給他的傔從陳進忠所住。此刻進忠上前報告：「大爺，局裡的范爺傳話：主持畫卷的劉監承業已他調，新主持明日到院視察，他要大爺一早前去。」

誰是他？范翰笙還是新主持？他問著傔從：「只有口信，還是有書信？」「哎呀，」陳進忠恍然記起，開口一笑。「有書信在。」他從口袋裡掏出一封短柬。徐承茵在燈下看著：

茵兄台鑒：抄奉翰林院傳旨：將作監承劉凱堂另有任命毋庸兼書畫局描畫汴京事。遺缺著畫學正何敘接替欽此，等因到局。請兄遵閱後明晨昧爽到局為要。弟笙叩。

第四章

承茵將明早的準備吩咐停當。陳進忠應和盧家僕人商量，彼此留神不要錯過了五更時光，給他預備洗面水和早點。書畫局去沁園巷不及一里，步行不過一頓飯的長光，只是雨傘仍要準備妥貼，他也知道范翰笙並未堅持要他在天明前摸索就道，究竟繪畫還沒有到那樣緊急的程度。他所謂昧爽到局，不過是一般不要怠慢的關注。照他書信上看來劉凱堂撤差，經過聖上宸斷，並且接差人也由御前作主決定。此事來得突然，不知幕後有何蹊蹺？所幸描畫汴京景物的差使並未受影響。還有接事人何敘，他也是畫學正，只是他名字還不見於經傳，也不知是何色人物。總之此中還有不少的關鍵尚待研究。

本來自五十年前王安石主持變法以來，畫圖即成了政爭的工具。最重要的爭端始自熙寧七年鄭俠作《流民圖》，他認為流民身無完衣，羸疾愁苦，全是新法所致。他上的奏疏尚且稱：「觀臣之圖行臣之言，至於十日不雨即乞斬臣宣德門外。」因為這一幅掀動情緒之畫軸，配上了如是壯懷激烈的文字，即足以使一代改革者去職。據說王安石去職外放之日，京師果然大雨如注，結束了半年來的大乾旱。鄭俠又趁著這勝利，再作《正直君子邪曲小人事業圖跡》。其所以要分作兩軸進供御覽，即是不要把好人與壞人連綴的畫在一起。這樣更嚴格的提出君子與小人間正邪之分和是非曲直了。及至今上宣揚「紹述」，即是要繼續父皇神宗和長兄哲宗的遺志。除了立奸黨碑，指斥鄭俠的傾倒黑白是非之外，也撤毀了景靈西宮裡司馬光等人繪像，又在翰林院壁上畫《春江曉景圖》以彰示再度與民更始的決心。本來畫學的成立，就有了以上政治背景。

朝中一再宣揚紹述，不僅重新修訂歷史，也把繪畫當作一種重要的作業，又宣揚務實，今後凡事從虛心處著手。劉凱堂擔任主持以來，卻也真能照著這宗旨奉行不阿。徐承茵曾親耳聽到他向一個試補畫官的年輕人怒吼：「分明是你把棟梁畫歪了，托架和橫梁不相啣接，你就在這角落裡，添上一團雲彩來掩飾算數！」接著他又拉著這可憐蟲的耳朵逼著他向院裡屋簷看去，一面仍在追問著：「你看有雲彩沒有？無緣無故一團雲霓會飛進這屋裡，在去地不及三十尺的簷邊出現！」

這也難怪，文人作畫向來就不負責任，這裡一道瀑布，那裡一股煙雲，只要在圖紙上搪塞得過去，也毋須顧得景物之真假。劉主持之實事求是由來有素，他雖任圖卷之主持，卻仍保留著一個將作監承的名位。將作監主持營造之事，凡一簷一瓦，一棟一磚都要能上下左右前後啣接。根據此項嚴格要求所作之畫稱為「界畫」，注重當中一筆一劃之工細，最不為遷就所謂「詩中有畫畫中有詩」的朦朧模糊。

可是抓著一個試補官的耳朵是一回事，公開觸怒上層又是一回事。本來描畫汴京，最難避免當中妖冶女人的圖像。假使劉凱堂不要聲張，稍微畫出一個像趙香香或謝媚卿這樣的人物或乘轎或庭屋之中「猶抱琵琶半遮面」作為代表，見者一看即知，又無人追問指摘也可以過得去了。惟獨劉凱堂偏要大聲呼叫：「整個東京城倒有三五萬倚門賣笑的婊子！要不把她們畫入圖中，又如何能讓後人知道畫卷所敘乃是大宋汴京，今日的開封府！」

這還不算。京城之內凡三五百步，總有軍巡鋪屋一所，一般每所有鋪兵五人責在防止奸宄。城牆高處每隔若干距離則有望火樓屯駐軍百餘人，也為治安所必需，劉凱堂也要在這方面做文章。他近日公開宣示：「如果這眾人耳聞目見之事態也不能畫入，又還有這鳥畫卷作甚！只要我劉某人作主持我就不容許這汴京景物的畫卷犯上了這麼多的禁忌，要處處提防規避，要在每一角度裡裁減掩飾！」

現在看來他之去職不可能與這言辭不慎無關。

徐承茵之進入畫學，並非本人主意。他受業之後，發覺此中也別有天地，並非缺乏引人入勝之處。先說作畫的工具吧，已有這麼多的種類。一般學生所用尚不過常品；但是先生示範之筆墨顏料絹紙大都來自貢物。紙即有紙面光滑的和質地堅實的不同，也有吸水多和吸水少的區別。絲絹之作為繪圖之用，更有十來種門類。所用之筆尤其是萬別千差，有的粗大而具拖把型；也有的韌而細如鋼針。以往他只知宣城出紙，現在才知道特級紫毫筆亦出自宣城。宮城之內所用的最上品尚有毫豬之毛千百根抽一造成，怪不得最是犀利。有了這千般百樣的工具，又加以所用顏料如藤黃瀝青也具有深淺濃淡之不同，又帶著各處產地之名牌，怪不得作起畫來最能表現樓台山川之結構，和當中形貌的差別了。

及至臨畫花卉竹木，先生的解釋更增加徐承茵對習畫的興趣。學中的劉老師——這不是劉凱堂，而是另一位畫學正——講松樹，他就說：「你看這松樹，不要想它是一道彎曲之線，其實每株之輪廓無不由於三五根至十來根的短而粗的直線組成。古人稱『蒼松翠柏』。這蒼即蒼在樹之上端遷就於陽光和下端的根受水分營養經過多少次的調節，所以每一棵樹都久歷滄桑，沒有兩棵松樹完全一模一樣。」他又預言：來日大考時三百多個學生所畫松樹可以拿來比較，當中大多數必會彼此類似，這些都是臨摹而未脫胎的作品。如果當中有一紙和全班三百多人所畫的完全不同，必為最上品，因為他畫得也最像。

他所說一條長型曲線無乃數根粗短直線聯綴組成，不正是徐承茵無師自通畫茶壺的祕訣？

提及畫竹，其技術又不同了。先生問及全班學生：常言「胸有成竹」是何意義？只有一個學生半猜半想的說出：「畫竹應先有腹案。」

這就是了。先生就此解釋，竹之為竹，其性格甚難從遠處看出，其受風吹雨打朝暉夕陰的影響都要在近端看出，其不畏強暴，遺世獨立的精神也即在此。所以畫竹者須要平日揣摩，畫時也要將其莖幹大刀闊斧的畫去，最好像寫丈尺大字，要重氣魄，決不能臨紙猶豫。至於莖中之節倒不重要，此不過一種接合與轉折而已。

不是現在每人都有學裡發給的特製硯缽嗎？這種硯缽上面平坦，有多個圓環槽凹供研磨之用，多時濃墨也就凝集於上端。硯缽下面倒有一個窪穴，突然的低塌下去，內中有沾墨稀淡的清水。畫竹時只要將拖筆從上至下蘸墨過去，筆毛之內已同時注有濃淡不同的墨汁。畫竹幹時只管橫掃千軍，莖幹或左明右暗，或左暗右明，已在一筆之內區劃布置得清楚，不待思索。

莖幹既已在位，莖旁小枝並不重要，它們一般不表現陰影，也不抒情，甚可以在竹葉鋪擺完畢後，按需要追筆添入應景。要注意的為竹葉，畫幅全部的結構在此。平白說來，竹葉總是成行書的「个」字形，三劃一朵，筆筆都要尖峭。可是這个字或濃或淡或開放或收縮，或明或暗，可以千變萬化。此朵之一葉可以和彼朵之兩葉結合，或者三五朵向一邊傾斜，孤立的一兩葉朝上伸天。總而言之畫竹全視作畫者的氣魄，氣勢一到，所畫即不像也像了。

此外畫荷葉須計及葉上露水，畫牡丹花不可忽略每一花瓣。畫梅花尚須從細處看清花蕊。

及至畫人物，先生又問全班學生，重點在何處？大家都說眼睛。先生也笑了。「眉目傳情——人人所見皆同，可見得此說不虛。」

「次之呢？」

全班學子經過一段思索，最後有兩三人供給正確的答案——「嘴」。

「再次之呢？」

則更為難了。全班同學面面相覷。只能由先生解說：「兩隻手。」一個人說話通常夾之以手勢、手掌或朝上或朝下，手指或分或合，或伸直或彎曲都響應著正在一說出或尚待說出之辭語。

至此先生也不再問了。即告訴全班學生：凡人之身軀上下及於四肢也都是傳情之工具。所謂開懷大笑和跺地震怒不免形容過火，其實一個人頭背稍微屈曲或胸幹不意扭轉，也在自知和不自之間暴露內心之思索。這一點對徐承茵以後的工作極關重要。他參與描畫汴京景物的畫卷，卷高不及一尺，裡面的人物也高不過半寸。倘若缺乏此種指點，是很難支應畫上的需要而不現重複的。

這一切已經很好了。可是宣和畫學修習得六門課目，其名目為，佛道、人物、山水、鳥獸、花竹和屋木。前五個項目都有前代大師的筆墨可供臨摹，也都注重作畫人自身情趣。惟獨最後一個課目屋木一項，既為當今天子所重視，偏無可以臨摹之標本。有些教學先生尚是從將作監、造船務和後宛造作所借用。即當日劉凱堂也由畫學裡的王司業央請講學兩堂。

凡是其他先生所講的，這批教學先生總是翻一個面。凡事物都有一定的法則和度量尺寸，按照《營造法式》的規模定局，不能由執筆人添增減免。宮室屋頂有斗拱托架，車有轅軛輞輻，舟船有艙壁艫舵，也不能說哪項重要哪項不重要，架構上有的即要畫出；也無一件是抒情的工具。

並且畫學裡三百多個學生，半屬「士流」半屬「雜流」。像徐承茵及其他各州保送來京的以及一部分由國子監下舍推送來的統屬士流。其他稱雜流，大都是將作監裡和造作所匠役的子弟，他們的齋舍也不同，待遇更有差別。雜流之下舍，每人每月只領得飯食費三百文。學習繪畫之前，他們都習《說文》、《爾雅》和篆字，因為畫總是由字而來。

即在學畫的過程中，士流學生仍要每人選修大經一種，以免日後升官時不會與文墨完全絕緣。徐承茵所選修為《左傳》。畫學學生也每月一小考，三月一大考。考後常有升降。承茵初次季考之後，即屬上舍，以後一直維持到畢業。可是在學一年半他經常提心吊膽只怕考得差降至中舍下舍。至於雜流學生，他們雖選修小經或學律，大多識字有限。他們的前途也受限制，如能做得一個監造官，也要感戴天高地厚了。

畫學既稱從格物致知做起，也從《說文》和《爾雅》打下了基礎又說百姓日用，何不索性推翻一切陳套，卻仍又在人物之項目前加入佛道？而且所臨摹之山水也仍不是一般人所見之山水，卻依舊帶上了飛泉瀑布、殘雲斷崖？即所畫的山峰也不像山峰，而像駝峰象臀？想到這裡徐承茵也看透了新法之弱點，一切無傳統可循，怪不得王安石要從《三經新義》做起。畫學裡無響應新法之師資，也缺乏畫帖可供臨摹，於是更感到躓蹙。

即是畫學裡的考試標準，也表現設計的人仍在腳踏兩邊船。這文字讀為：「既能傚法前人，而描畫物之情態俱若自然，以筆之韻高而簡且工。」本來「傚法前人」就不一定仍能「情態自然」。「韻高而簡」已經注重抒情，再來一個「且工」，則又要腳踏實地虛心寫實了。兩個月之後這項標準之最後六個字又改為「韻高而簡為工」。一個「且」字改為「為」字，表面上出入有限，實際上關係重大。新標準叫人沉湎於詩情畫意，即此可以代替細處之逼真。怪不得在這些字面上周轉，徐承茵已經在就學時為著考試而經常踟躕。

而且整個畫學，甚至整個學校系統尚且經過一度虛驚。前年五月，書、畫、算、醫四學開學不及三個月，彗星出於西方，長竟如天，接著又有太白星白晝出現。朝中上下都以為這是新法的過失。果然聖旨宣布蔡京以罪免，宮牆前的黨人碑也在一夜之間掘出銷毀。凡反改革派的家屬不得來京師的約束也自此解禁。畫學裡有幾位消息靈通的教官自此缺席。不日聖旨宣示：「罷書畫算醫四學。」畫學裡的三百諸生惶惶不可終日。司業和各學諭及齋長則成日開會討論；起先訓諭諸生不要離校，伙食如舊，只要各人安心自修。三五日後又繼續傳出消息：朝廷決不會將畫學解散。學校仍在恐慌的氣氛裡度過五旬，直到七月中之一日，日當蝕而未虧，群臣向皇上稱賀，一切才漸漸恢復以前形貌，蔡京並未立即復職，只是受新命又為尚書左僕射兼門下侍郎，亦就是宰相如故。可是人人都稱他太師，也知道此頭銜仍是免不得他的。反新法的邪黨也待問罪，只是見風逃避返里銷聲斂跡了。四個專業性的學校，自此各有歸屬，書畫兩學從此才正式受翰林院節制，因之較前更有光彩。

為什麼星變會影響朝中政局？不是四十多年前的王安石王荊公即說此種天象經常發生，也與人世間之有德與無德全不相干？徐承茵即及此事曾受好友李功敏的指點，他要承茵不可造次。李剴切說及國家大事看來全是朝廷作主，其實不然。朝令也要透過各地府尹縣令才能下達閭閻里巷，各地方官也不能全不顧及下情。迄至今日四海之內都知道天子奉昊天誥命辦事。所以天象失常，天子避殿減膳，詔求直言，已千百年如此。如果天子而不畏天，則全國上下也失去了聽命朝廷的根據了。當年王荊公稱「天命不足畏」，有人彈劾他。在這方面指責他的是誰？大家都記得起一個「狂夫鄭俠」。其實前有富弼，太華山崩之後又有馮京。他們都是本朝內有數的飽學之士。

經過這段虛驚之後，八月間消息傳來蔡太師尚要對畫學諸生訓話。本來太師自己就因書畫之長受得今上皇帝賞識。於是學校裡人心振奮，上下把全院整頓洗刷得乾淨，各學生之優秀作品也拿出來陳列，徐承茵所畫兩紙在內。可是到頭太師並沒有親來。有人說他年近八十，已行走艱難，也有人說他伸手即不能見五指之外的事物。訓話終由蔡攸代達。

如果太師已成為傳奇中的人物，則龍圖閣學士兼侍讀蔡攸卻真是一個有血有肉腳踏實地敏捷快智的漢子，他這時四十開外，身穿紫袍，佩有皇上賞給的毬文方團金帶，有了這樣的堂皇相貌，又身為三朝元老之長子，所說話也應當有分量了。

他那天所講著重美化汴京。這時候修整京城的工作正在展開：以前城牆角落畸零的地方已經拆卸即將改築為長方形。皇城之東北角，開闢而為一個大園囿，內中鑿有湖沼，新建樓台榭閣，不在話下。凡各處地方供奉的飛禽走獸也置放在囿中。又置人造山一座稱為萬壽山，所有竹木，統由江南運來移植。山上大石尚且由太湖邊上掘出，由特製的船艦千里載運來京，這一切木石，統稱為「花石綱」。徐承茵當然知道此間情節。他家中來信，父親徐德才也為這事奔走，他幫助明金局的宦官已北去太湖不止一次。

這事之成為爭端則是很多人，也包括朝中上下認為「勞民傷財」。蔡攸的訓話承接著父親「豐亨預大」的宗旨，務從大處著眼，勞民並不見得傷財。國都內外很多人民愁苦，主要的原因就是找不到工作。另一方面京城內財貨堆積如東漢之西園唐之瓊林，不使之流通，莫非愚不可及？他又引用《孟子》講及文王之囿方七十里，和文王以民力鑿為沼，而民歡樂。再用《詩經》所說：「雨我公田，遂及我私。」先要把皇室之事做好，然後利之所在也澤潤到老百姓頭上了。至此他才提及繪圖的重要，如果畫圖人放開眼界，即可以看出今日汴京之繁華，大部都係朝中活動之所賜。畫官也如史官，把人民熙熙攘攘的情態表現於畫幅之中，即與史家以文字記載有過之無不及，只有更為真切。

後來徐承茵又從澹園處聽到蔡學士在算學裡訓辭的要旨。歷代各朝之均田無不驚動人戶，只有本朝當今之方田，則沒有這毛病。所在戶口之田產全部原封未動。方田只以最精密的方法測量田土，而各按地畝大小及肥瘠起課。起先還實施得沒有把握，現則有神宗朝的沈括，他已將由弧線弦徑計算畸零面積的方法編彙成書。如果上下同心照他的方法算去，賦役的分派至為公平，也真可以做到不加稅而國用自足的境界。此外冗官當然要除，冗兵也要裁。這些都是各學子的事業。這樣一來國家前途又在算學諸生的手掌中了。

蔡攸在書學的訓辭，則從引用神宗皇帝的四言詩「五季失圖，玁狁孔熾」說起。他提及玁狁亦即是獫狁，也和古之葷粥同，總之就是北狄，犬旁帶火。至此他大聲疾呼的說出，這些都是蠻荒之野人，可是從五代以來都侵入長城以南了。現在很多人都謂朝廷向西夏及遼拓土。其實不過是光復故物，何嘗拓土？

三人將太師之長子皇上之侍讀的訓辭綜合起來，即知道今日朝廷之所作為旨在富國強兵。這宗旨在軍備、財政、賦稅與學術諸方面看來都彼此相通。此一套既為當今天子所矚目，也為各學生立業之千載良機。原來學書、學畫和學算當初都非三人自家主意。現既如此，大家都是新法社稷之臣，也只好就本業，奮勉用事了。這也就是三人中的長兄李功敏不斷規勸兩位學弟之至意。

其實日子一久，徐承茵也已逐漸淡忘了畫筆和文筆間的等級差異。他知道自己寫的字並不算好；提及文墨與詩賦也沒有考上進士的把握。現在有機會舞弄各種畫筆總算也有一技之長。至於鄉人親戚一定不把繪圖當作正當事業，那他也無可奈何，這是當今皇上和朝廷的主意，這些人認為不對頭，讓他們到紫宸殿去爭辯好了。

學校畢業各人到不同的地方見習兩個月。徐承茵不爭著去六部或各院局，而志願隨著兩個雜流的同學去造船務，當時看來是很奇特的。此時今上皇帝有意描繪一幅汴京景物的打算已有人從宮裡透露出來。徐承茵想去看造船，一來由於兩年前從江南來汴京，路上看得很多船隻，好奇心動。本來各色船隻裝配不同。海船尖底，凡所有樓台桅桿都打造得極為堅固。行運河的平底船所有桅桿都準備隨時拆卸，以便通過橋梁下之甕洞。除了專門裝貨的船用杉木造成固定的船篷外，很多內河船隻多用竹蔑。可是客船又分官艙房艙，有的鋪上涼篷，屋頂蓋瓦，以防夏熱冬寒。更有特快飛船，兩頭鋪上划槳平台，划槳手即有十六人至二十人，槳長二十尺。這一切無畫帖可循，他希望將實物看到真切。二則他知道皇上有意描畫汴京，這界畫決不能少。他自己對文人畫已經學得頗有頭緒，即山水、人物、鳥獸、花卉縱未臻上乘，也不比一般人差。惟獨屋木一項，自己覺得空虛，學校裡所講授的也有限。偏是宮室舟車橋梁彼此相通，它們也不能有由一根曲線化作數段直線的隨便將就，他很想就此用功修習一番。

這兩個月的見習不能說是沒有收穫，可是仍與預期相去得至遠。清江口的造船務只有一所官衙，並無廠房。鋸木鍊鐵和造船的工匠無乃數千人。他們都在江邊及支流汊灣之處搭蓋茅棚作業容身。他們的妻室也在近處茅棚內每日以瓦罐送得湯水米飯。最奇怪的也沒有一個人能告訴承茵此中的指揮體系。兩個雜流畢業的同學則從分發到務的日子不見蹤影。他們只假藉這見習之名，各自返籍探親去了。

經過一段摸索之後，徐承茵才領悟到這造船務的發號司令上下協同，並不按照官方職掌規則。衙門所管只不過經理會計。製造打釘之事全靠員工間師兄師弟的關係。造船之訣竅無手本圖解可供傳閱，而全靠口頭講授和實場經驗。況且多數之造船師尚不識字，他們對外人詢問總抱著疑懼的態度。即是造船務裡的官員也不對上方派來的見習感到興趣。在這兩個月內承茵經常處在不被眾人歡迎的環境裡。

他也發覺了工匠之所著眼不在設計之奇妙，而在手藝之精緻。他親眼看到一個工匠和一個徒弟用大鋸鋸木，一來一往，將一根丈來多的方木，鋸成厚不逾寸的懸皮。當中如有任何差池，所鋸成之木板就會一高一低，左右不能對稱。以後他又一再留心觀察，這些工匠從不遺誤。他只能想像左邊的師兄右邊的師弟動作儼如一人。凡腳趾腳板的定位，肩臂用力的程度和節奏，甚至身心呼息都要按成規擺布，他們都奉魯班為此行業的先師。在崇拜先師的時候即已在信仰之中產生紀律。紀律之延伸，則為協同之技巧。這種作法只能在行動之中領會而不易口傳，也是他們幫內人之約規。怪不得他們對幫外人之囉嗦詢問要感到不耐煩了。

清江口所造都是內河船隻，看得多了，徐承茵已領悟到各船之不同，大概都在船舷之上。船半造成時從上向下看去，總像竹筍之剖面，不外一個長方形的槽盒，當中稍寬，內有數幅到十來幅的艙壁。造船也無所謂設計，只是師徒相傳，各處尺寸大致不能偏離比例的限度。船舷上的房舍則像陸上家屋一樣，不過要禁得起船夫在上走動操作罷了。這期間他觀察之中最大心得則是畫船一定要有定位。如果從上向下看去畫及一半，又從下向上畫出一半，十九兩方不能對頭。

他去清江口時正值盛暑，回來已見涼秋。剛到畫學報到覆命，他就獲悉自己已派到書畫局和其他十一個畫學員一致協助劉主持凱堂，描畫汴京景物。十二個人分作四組，先自京城垣河渠街巷據實描寫，又用另紙臨繪人物牲口舟船車馬，再由主持參和翰林院學士研究，從草稿之中選擇編輯成章，設計謄畫於絹上。翰林院傳出聖旨：這畫卷也是國家大事，有如開館修史一樣，不能馬虎草率，如果畫得符合實情又振奮人心，即花上一年半載的時光，皇上並不介意。

這已是去年重陽節前後的事了。當時徐承茵也確實興奮了一陣，他知道此番工作必與新法配合。同事之中尚有同學范翰笙，兩人都在蒐集材料的過程中佔重要地位，范只比他先到數日，承茵問他：

「畫卷有了名目沒有？」

「還沒有。有人主張仍稱《春江曉景圖》。可是不少的人反對。這和翰林院的壁畫重複。看來會有一個新標題。」

「劉主持為人如何？」

范翰笙沒有正面回答。他只說：「你看著好了。」

其實他成日嘀咕，好像所有的人都和他過意不去一樣。三天之後，徐承茵對自己的問題也得到了解答。一位畫學員在臨畫街衢時，稿上表現視線突然中斷。劉凱堂在逼問他：「你這間茶館到這裡就什麼都沒有了？」

「還有間壁，」學員喃喃的供出。

「間壁就是間壁？」劉主持又追著問去：「上面什麼東西都沒有？也沒有字畫張貼，也沒有門簾窗戶？」

本來這問得也切情景，但是出自劉凱堂口中，聲色俱厲，好像學員在存心欺騙，有意瞞著什麼的。學員只好承認：「靠後有一幅窗戶。」

主持就拿著毛筆在窗戶所在的地方勾出一個空框，一面再逼著問：「窗後尚有什麼？看得出鄰舍的側門還是有花木樹枝遮擋？」

徐承茵在旁見著，他就忖想：這並不是在對部屬作畫的人之一種勸誡，要他們處處存真，而是像捉賊追賊樣的嚴厲。學員被逼不得已時只好說：「好像還有花木。」

劉凱堂一聽得「好像」二字，就跳得起來。「好像！」他又在這學員的耳旁怒吼：「局裡派你們去寫生，要你們把所見所聞據實報來，沒有教你們用『好像』來塞責！」他更逼著問：「就說『好像』，好像什麼？好像一株大樹，還是好像一堆灌木？」聽到這裡徐承茵更免不得著想，畫之為畫少不得供人賞玩，原來不離娛樂。像劉凱堂這樣的遣派，真是為形影為奴役。即縱算畫得逼真，也使畫的人和看的人同樣感得索然寡味了。

再過兩天另一位學員因病請假，假條由鄰居送呈。隔日他仍未痊癒，也未續假。第四天他仍有病容，勉強到局。劉凱堂也給他一陣雷霆。這學員還在支吾，只說次日還發高熱。劉主持即當著大眾吼叫：「你吃公家的飯，如果沒有批准給假即縱不能行走，則爬也要爬到局裡來！」結果此人記過罰薪。

怪不得不久之後有三個畫學員聯名呈請他調。

最使徐承茵存反感的乃是局裡有一個畫學員所畫屋柱，近距離畫出，柱之圓徑卻上下一般。劉主持質問他畫時係從上向下俯視，還是從下向上仰視。那學員即供認係向上仰視。主持即逼著他蹲在廳中大柱前，也用手揪著他的頭皮又是一陣怒吼：「看清楚，這柱子從這角度看去是上下一般大，還是下面大上面小！」當他回過頭來怒猶未息兩眼橫掃旁觀者徐承茵時，承茵並未迴避他的眼光。心中只想：如果這劉某同樣凌辱他自己，他逼不得已時，只好預備說「士可屈不可辱」。想到這裡他才體會到自己在畫學裡到底是「士流」出身的好處。

或許由於徐承茵此時一瞪眼表示決心之故，劉主持凱堂在職六個多月，始終沒有和他過不去，可是和他在一處時，即使事不干己，承茵仍覺得空氣的緊張。日子久了，他又看出主持的面色蒼黃，手指顫動，料想此人患有肝膽之病。他不僅成日對部屬挑剔，也經常得罪同僚與上司。局裡作為資料的畫稿已經集匣盈框，他應作設計布局，卻因為多方的不如意始終沒有展開。徐承茵也知道不是辦法。可是事前一點風聲也沒有，此時一朝去職卻是意料之外。

那夜他將自己入畫學以來的經歷思索一遍，只覺得好壞的遭遇全不由自身作主。他只希望接劉凱堂事的人，沒有前任的派頭，把這畫卷，叫做《春江曉景圖》或喚作其他名目，設計完成，使自己的前途事業也有一番著落。

第五章

畫學正何敘聽說徐承茵來自杭州，就對這一點特別感到興趣。

「那你天目山一定去過，上過黃山沒有？」他索性脫下了幞頭露出半禿的頭頂，兩眼瞇瞇的笑作一團，說時露出一嘴黃牙和右邊牙牀上的一個缺洞。

「沒有，」承茵解釋著，「卑職自小入學，一直準備應舉。入京之後又奉命改學習畫，已兩年餘不去家鄉。」

何敘也不聽對方的解釋，仍是堅持著自己的論調。「家在杭州，連黃山雲海也不去看一下，那太可惜了。」

此人乃是新來的主持。他全沒有顧及黃山與杭州間之五日行程。只是他談話時和氣輕鬆，並且叫承茵不要一直自稱「卑職」。在這方面他與前任的粗暴急躁成為了一個對照。

原來徐承茵接到范翰笙的便條後次日確是趁著天亮提早到局；可是新主持並沒有來，他們空候了一天。第二天也仍無蹤跡。第三日他來了卻在午牌時分，大家都在飯室進膳。因為想及劉凱堂的派頭，局裡的人想望著新主持必會集合同仁點名訓話，是以將飯吃完，大家都整飭衣巾待命。殊不料點名訓話全不是新主持的作風派頭。他已由傔從傳下旨意：各人不妨照原職安心工作，習畫的也照樣習畫。他如果有何吩附，當臨時召見各員，各人如有意見也盡可到他室內去陳述，他隨時準備傾心洗耳接聽。

這樣又待了兩天，承茵到底待不住了。他在街頭寫景的草稿已經積了一大堆，練習描畫人物的姿態也練來練去不知多少次了。這草稿是否有用？今後作何區處？是否還要繼續蒐集新資料？全幅圖景如何布局？到此他也想窺探此新主持畫學正何敘倒底是怎樣人物。

不過前後五天的時間，他已聽得不少的傳聞。新主持出自通真靈達先生的推薦。通真靈達原名林靈素，現在的官銜為沖和殿侍晨，因在皇上面前祈雨見效，百官見他無敢怠慢。他甚至可以在京城內與諸王爭道，是刻下朝中最為炙手可熱的寵倖。

林靈素初為佛寺沙門，因不堪師父責打逃出學道。及經今上皇帝召見，他一意慫恿御前廢佛倡道。他稱太師蔡京為左元仙伯，正在有寵的皇貴妃為九華玉真安妃。皇上則為神宵玉清王，又號長生大帝君，無乃上帝之長子。因著此人之建議，現下宮城裡大興土木建上清寶籙宮，皇上有時也自稱道君皇帝。只因為林靈素並不直接干預朝政，也無監察官的彈劾。當日翰林院奏，奉旨描繪汴京景物的劉凱堂不符人望，此人在旁聽得，當場推薦不見諸經傳的何敘，經皇上親任為畫學正接替。

只和他談論答問幾個回合，徐承茵倒已領會新主持並不是一個以妖幻方伎逞能的術士。可是他道法自然的立場卻極為堅決，此係真情或出諸做作刻下尚難解說。及至承茵請示描畫汴京景物一事應作何處置，何畫正沒有作簡潔的答覆。他反問承茵：「當今皇上有一首敘晚景的詩，用御筆楷書大字寫出，曾在畫學傳觀，你想還記得？」

徐承茵當場朗誦：「丹青難下筆，」唸到這裡何敘參和著他同時誦出：「造化獨留功。舞蝶迷香徑，翩翩逐晚風。」何敘就此解釋：畫之可貴在近乎神品仙品，亦即是接近於造化之本意，此等事決不可出諸強求。說到這裡他兩眼骨碌碌的看著承茵。他也知道年輕學子讀書原為功名。即是朝廷更換法度，派他們習畫，他們也仍望在丹青之中開闢門徑，因之建功立業。只是功名富貴同樣的非只發憤勉強即可驟得，仍是要虛心淡泊，靜候機緣。何主持提出一段故事：唐朝的杜牧作的一首〈遣懷〉詩，「落魄江湖載酒行，楚腰纖細掌中輕，十年一覺揚州夢，贏得青樓薄倖名」。一方面表示他自己的頓悟，以前的問柳尋花，乃是少年時不省事的小不檢點，今時以二十八個字一筆勾消。一方面此詩也使他遇到文章知己。吳武陵見得大為欣賞，於是杜牧舉賢良方正。

徐承茵不覺在旁自忖：我的毛病還是壞事做得不夠。今朝既為拘謹所束縛，明日也缺乏憑藉，不能大張旗鼓的悔過自新，亦即無法表揚我骨根子裡有作聖賢之情操了。

他的新任上司又引出一段故事，也仍是解說富貴利祿強求無功，倒可因知音的見愛決於俄頃。周世宗顯德年間有一個名李度的曾舉進士，無人顧識抑鬱不得志。只是他作詩內中有「醉輕浮世事，老重故鄉人」之句，為國朝樞密使王樸見得，立時推薦與知貢舉的翰林學士蘇文炳。蘇又因為這十個字，擢李為門下之第三人。

承茵至此又想及：僅是好色仍不夠，還要嗜酒。那就可見自己的個性習慣難與新任上司調和了。

而且何敘更要強調杯中物與藝術相互倚靠之功效。「你當然知道寫草書的大家懷素了。」他又自問自答：「他的《自敘帖》氣勢磅礴，從頭到尾一氣貫通。何以如此？他的靈感大部分來自酒杯，他的傑作全是醉後揮筆而成。」

徐承茵自憾字寫得不好，可是他也一向厭惡懷素等人所作草書。此等書法無非龍蛇走陸。叫人看去似乎可以在筆法中分辨，卻又看不出其究竟。他也不知道好在什麼地方。多時經人問及他只好自供藝術修養不夠，不配領略。

至此畫學正何敘仍然不顧聽的人之反應，滿面春風的說：「假使翰林院允許我這樣做的話，我一定要他們給你們十二個人預備十二壺酒和十二個洗澡盆子。大家都喝完酒又在洗澡盆子裡泡個把時分，我包得你們所畫圖都是上品。」他再度的自問自答：「為什麼澡盆呢？不是夏侯嘉正說過，『水之性也非柔非剛，非直非曲，非玄非黃』嗎？此不正是造化的渾圓一團？也不正是我們作畫人的夢想不到的仙鄉嗎？」

而且何敘也並不是只說不做。傔從早已傳出：他桌上有一盞瓷壺，內中所盛並非茗茶，而是高粱酒。當他來局既不點名又不訓話之際，已成日在公事房裡自斟自酌。

剛去了一個蠻漢，又來了一個酒瘋子，徐承茵如是想著。那天申牌時分局裡的人都回家去了，他一個人留在几案後，將蔡河北岸垛房的畫稿拿出來重畫，只是畫來畫去，屋脊上的直線，總不夠直，看來不如意。他一時使性，將畫筆向後側摔去，又喃喃自語：「剛轟走了一個粗蠻的畫匠，又招引出來了一個裝癡作怪的畫仙。」正在此時一人從後進入室內，使他失驚。他回頭將筆收撿起來，才發覺來人乃同事范翰笙。在他自己謁見畫學正之際，翰笙已花了整個下午去實地研究丹鳳門前麯院街一帶的街景。此時他把書夾放下，用手巾掃抹自己面上的灰塵。

翰笙想必已聽到承茵所發牢騷，但是他只輕不在意的問出：「那你已見過新主持了。印象如何？」

承茵一口氣說出：「說得好，此人是前任的一個反面，溫良恭儉讓樣樣都備。說得不好，他要的是妙品仙境，你我所畫都是街頭俗物，全部不能算數，不僅白忙了幾個月，前途尚在未可知之數。」

「真有那麼的厲害呀？」

徐承茵索性翻箱倒櫃的將滿臉氣憤道出：「他說皇上築艮嶽，鑿雁池，可見得山水也仍重要。我說水是有了，又是蔡河，又是汴河。可是裡面客船貨船來往如織，難道我們可以閉著眼睛將它們棄置不顧，仍然畫筆一扭，當作一葉輕舸，才能表現高人雅士的幽閒情調？至於山，誰都知道開封府處在沙丘黃土崗地，哪裡來的雲霧之中的高峰？我恨不能告訴他，如真要畫汴京周圍的山川，那也可以。左邊一條直線，稱之為中嶽嵩山或西嶽華山，聽隨尊便。什麼翠柏蒼松，飛泉瀑布，絕壑萬仞，樣樣都全，應有盡有，你都可以添加上去，越多越好。中間畫一長橫，此乃三五百里至一千里的距離。然後右邊輕筆一點，即算得是開封府，京畿路，也是國都汴京。好歹只要意到即可傳神。別人也不敢講你畫的不好。如果任何人以俗調相責，那就是他自己不識風趣了。」

說到這裡范翰笙也笑了。他又將肩上的灰拂去，然後問：「你想他要我們放棄這半年的工作，又從文人畫開始嗎？」

承茵氣色漸平，他說著：「至於強迫我們作某種作業，我想不會，那與他『無為』的宗旨相違。看來他還是以靜待動，只是無意熱心支持我們的工作。你畫丹鳳門前的街景，我畫蔡河岸旁的垛房，他也不加阻攔，只是我們白忙，他在局裡閒著喝酒，這畫卷永無定稿之日。他已經用杜牧、李度等人作喻，指說像你我這樣的磨頂放踵苦幹，希望出人頭地，看來只是事與願違。還不如像他自己一樣度過十年閒雲野鶴的生活，雖然一事無成，有朝一日被靈真通達或是通真靈達在御前一薦，卻依然飛黃騰達。」

說到這裡，他的牢騷已發夠了，正準備收撿筆硯，打算回家，不料范翰笙拖拉出鄰座的一把椅子，還預備長談。「承茵兄，」他說，「我看這通真靈達的推薦我們新主持，決非單獨發生的情事，我想還是與當今朝政一樣，有其一則有其二。」

「我不解你的意思。」

「先從五十年前的事說起吧，當年有一個王荊公，就有一個司馬溫公。又是熙豐小人；又是元祐正人。不久奸黨成為了君子，君子又成為了奸黨。今日也還是一樣，既有太白星於晝間出現，則有日當食而未虧。書畫也是一樣，既有前任的錙銖必較，就有新來主持的渾然無是非曲直。」

承茵聽得將信將疑。於是沉住氣的發問：「此中莫非有陰陽五行相生相剋的道理？」

范翰笙回答：「你要用陰陽五行相生相剋解釋，亦無不可。只是小弟看來百官總是百官，大家總免不了胸中利害。哪一派哪一黨得到皇上信任，佔了優勢對方將感到威脅。他們總要提出一個相反的名目，或者是一個對立的方案。」

徐承茵聽著，范翰笙又繼續講下去：「很多新政，像方田法、免役法，本身都是好辦法，可是經過黨派的爭執，總是做得不是太過，即是不及。你要朝此方向進展我偏不合作，必定要拖垮你為止。」

「據你看來我們的新主持屬何派呢？」

「目前還不顯然，可能當事人自己也沒有擺飾得清楚。不過當中有一個線索：朝廷受東南財物的支持不得消化，成為了爭辯的淵藪。王荊公是對的，蔡太師的基本方案也是對的，國庫既有盈餘就當下放，所以修京城，築寶籙宮，造艮嶽，運花石綱都可以使民就業，本身都不失為善政。並不是朝廷有任何舉動即是與民爭利。」

「那麼壞又壞在什麼地方？」

「承茵兄！」范翰笙把腰帶放鬆，左腿交在右腿上。「你還不知道！你們東南六郡運花石綱來京不是一個顯明的例子吧？照理論上講，千里挽漕，萬夫就業，凡一路的腳伕工役茶館旅店都一體沾益受惠。但是事實上是這樣的嗎？執事的人一想：這一切都是王事，我既能徵發遣調又何必據實付費？所以即付費亦不過用犒賞名義，十付其一二，其餘盡是一筆糊塗帳，如是國家有任何興革總是上有欽差，下有買辦採辦，他們獲利。」

聽到這裡徐承茵想及自家父親在杭州明金局的名目也是採辦，這樣看來也是沾著不義之財了。可是他老人家辛苦忙碌，所得至為有限，不時還要受宦官的閒氣，要是把他也列入貪官汙吏的份內可真冤枉。可是范翰笙不可能明悉自己家中事這些情節，他自己更無從出面辯護。他暗下咽過了半嘴涎水。范翰笙並未注意。他將左腿放下後，又回頭問及：「你聽到過胡梓義他們那一組遇到固子門外一批『棚戶』訴冤的那回事嗎？」

承茵還不知什麼叫做棚戶。他只默默的搖頭，心內仍不能忘懷於父親採辦的頭銜與花石綱牟利的關係。

范翰笙於是趁著這機會解釋過去：「胡梓義他們三人去固子門外勘察——這還是去年中秋節前的事，那時你還沒有到局——他們即被一堆老百姓圍住。這些人聽說晝官乃是奉皇上之命調查民間疾苦的，他們即有冤待申。他們原在積功坊各有房舍，現在則淪落於城牆外為棚戶。」

「這冤由來自『賜第』。最初的原因也始自王荊公——」至此他又張口一笑：「當王公為宰輔時還是僦屋而居，他覺得委屈自己和一家事小，可是此非國家應有的體制。經他在御前奏明之後神宗皇帝就說：『好吧，宰相賜第。』可是國家哪裡有如是許多的官邸供私人賞賜之用呢？」

「本來國初原有功臣賜第，各世家削藩之後子孫居京賜第，帶大將軍銜的賜第，駙馬賜第，以後宰臣賜第，領樞密院事的也賜第，甚至御醫也賜第，於今尚食使亦復賜第。況且一經賜給即不再歸還，各人當作傳家產業留給子孫，國家哪裡有如是許多地土房屋，供無窮無盡的分配？」

「於是受賜的人的辦法也來了。他們對開封府和將作監說，他們也明知國家人力物力有限，所以自願出資興建，只要公家撥予空地好了。偏偏他們討要的土地，名為空閒公地，卻是人煙稠密的地方，像懋德坊、崇聖里一帶都是。原來國初就有人在這些地方落業，也不知如何建房的人始終沒有拿到蓋著公事關防的文契。這時候他們祖孫相傳已逾百年的不說，有些曾用錢價買的也不說，只有拆屋令下，這些人真的是妻離子散，家破人亡！再要申訴嗎，只遇到官員的譴責：『你們這股頑民，好生可惡！你們侵佔公家財物沒有被追究不說，還有狗膽出面告狀！』現今他們多數在固子門外草地上搭茅棚容身。」

聽到這裡此中關鍵逐漸明顯。徐承茵一想前任主持劉凱堂去職很可能與這棚戶一類之事有關。要是描畫汴京景物也把此類事據實寫出，此又與鄭俠之《流民圖》何異？怪不得新主持要各人在文人畫上下功夫，此中有道家的傾向，也多少有政治上的考慮。他要各人少露鋒芒，有即如屋簷之下加入一團雲彩，水上帶著霧氣，也不過是給各處各地留下一點遮蓋，那麼人世間諸種不平之事也可以輕輕帶過去了吧！他越想越領會到這種看法合乎情理。他再一回想：本日下午何敘傾囊相授要他記著水之性格非曲非直，不柔不剛。並且又警惕他，全憑己力做事不見得有成，還是要有人提引。這樣看來，范翰笙是對的，通真靈達表面不干預朝政，暗中已在干預了。

只是此中一點使承茵感到不安，為什麼像固子門外這麼重要的事他們一直沒有告訴自己？他總以為他們不是同學就是同僚。還有胡梓義、范翰笙，尤其現在面前的范翰笙，他自己與之相交如是之深，在這樣業務上重要之事竟六個月未曾提及！難道朋黨關係這樣厲害，竟會分化書畫局裡的十幾個畫員？是否他們真知道自己父親的事？還是他們以為自己是南方人而見外？並且此事過去沒有通知他，何以又在今朝提出？他低頭深思，兩手不斷的搓捏手中畫筆的筆管。

范翰笙看出談話的對象脫離了接談的關係，只在一味閉戶思量，於是把他喚醒：「我們聽說你下午一個人去見新主持，都只怕以老兄慷慨激昂的性格，會和此人鬧翻了。」

謝謝你們，徐承茵想著。仍舊是你們，你們顧慮著這般周到，卻又不是替我設想，而只是害怕我一爭吵，拆壞了你們的畫圖攤子！不過他只是輕聲說出：「多謝你們的關心。」

他再望范翰笙一眼，終於想出了一個問題，打破僵局：「不過皇上傳意，他要我們像《詩經》的作者一樣把生民真相描寫得出來，那他不可能讓其他人作主，做得大權倒置。」

范翰笙好像久已等待著承茵如此說開，他聽來如釋重荷。「承茵兄，這就是了。我們知道你有話即說，在我們面前不打緊，要是在新主持面前說他違背聖旨，那局面就弄僵了。」

他又把椅子向承茵的方向推進一步，聲調稍低的說出：「我已經說過，百官總是百官，你將一些人貶官，甚至流放，稱之為奸黨邪黨，他們仍然官官相護，留下的正人君子內又是邪黨奸黨。皇上又有何辦法？除非他每事都自己一手做出，總不得不依賴百官，那他也只能馬虎遷就一點。」

「那我們該如何辦呢？」徐承茵問。

「也免不得馬虎遷就一點。照你講的，只要他新主持不堅持我們做自己不願做之事，我們也犯不著立即要求他照我們的意思去畫，也還是容忍一點的好。」他又再度將聲音放低的說出：「我想當今皇上也是一個聰明絕頂的人物，不然他何以棋琴書畫件件都會？他之所以崇奉道教，也就是一個化歸真一的主旨在。也就是所謂『先黃老而後六經』的辦法。你只看他先免太師蔡京職再悄悄的讓他復職一事看出：他任這班主張吵嚷的人吵嚷一陣，等到這班人做不出什麼名堂之後才順其自然的恢復前態。雖說目前形勢還不明顯，我們也仍只有容忍為是。」

徐承茵放下了手中畫筆，站起身來。他說著：「翰笙兄，我希望你說得對。我只是怕我們沒有這許多的時日。我們到書畫局裡多久了？整整的六個月！不僅畫卷還在虛無縹緲之中，連一個名目都還沒有！」

這場談話後剛一個月，徐承茵所說好像都成了讖語。山東劇盜宋江原來盤踞泰安州附近的梁山泊，初時尚不過打劫客商，在三月杪之前竟以「替天行道」的名義攻陷了東阿縣，現在正收編民兵，準備回師洗劫東平府。

這還不算，吳中又有流寇方臘。他起先還只活動於深山窮谷內外。自去年年底他已開始進佔通都大邑，出現於沿海一帶。原來朝中採辦花石綱，由東南防禦使朱勔負責。此人手下盡是受寵幸的宦官和當地無賴。他們用公事的名義遣派夫役錢糧不說，而且動稱民間廬舍墳墓處有奇異木石，因此藉端勒索。於是方臘叛兵一到，各地村鎮市民加入附和，晝夜之間聚眾至萬。四月初他們已相繼入桐廬和富陽，現正順錢塘江東下，一說杭州已經失守。

四月中旬一個下午國子監助教李功敏騎著街頭出賃的馬匹來書畫局向鄉友徐承茵報信。總之即是消息不好。陸澹園派入太尉童貫軍中已隨進剿軍南下，他只因行期倉卒未及向徐兄道別，但是他一到杭州附近必會向兩家伯父母探聽消息，也當盡可能的協助。

徐承茵比常人更多一重顧慮，他的父親徐德才曾參與花石綱之事，不管他預聞的程度如何，他也是眾人憤怒準備清算的對象。

第六章

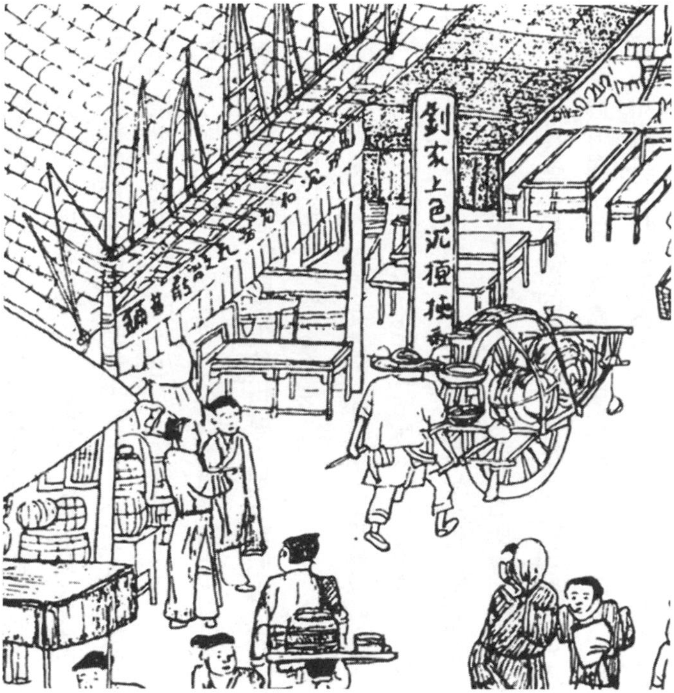

自宣和五年三月杪晝學正何敘接任主持事以來迄至翌年八月，凡一年半。此期間徐承茵度過一生以來最是心神不安，凡事都不由自身作主的階段。

方臘之能進據杭州，由於當地人民的響應，郡守驚慌棄城而走。一時暴徒與亂民結合，見著官僚即殺，遇到官署即焚，消息傳入京師，朝夕旦暮不同。承茵擔心雙親年邁，小妹蘇青幼弱，一時無人照顧，不僅性命危險，而且即是虎口倖存，生活也無保障，是以經常掛念不已，也成日在練畫用過的廢紙上兜畫圓圈，不然就在院裡空閒地裡踱方步，以消釋心境裡的緊張。過了兩個半月之後，才有陸澹園的第一封信到，他說承茵一家無恙，已逃出杭州境，刻下在偏僻鄉間暫避。他通過鄰居親戚的探問已和他們聯絡，正預備送些柴米過去。

原來太尉童貫的派兵進剿部隊出自京畿及西北，也雜有番漢兵馬，號稱十五萬人。陸澹園在主帥幕府裡任清點兵馬人數之職，已陞作軍前徵信郎，有正七品之名位。而且因為他的職掌，各路將帥都免不得向他謙讓三分，所以也在軍書旁午之際，還能派遣屬僚處理自家及好友徐承茵、李功敏一段家事。及至夏間他已將三家老小遷往餘杭縣西北不當正路的一個村莊裡去，還預備自己一有空暇即親往探視。

至於方臘所部之被肅清，還是由於山東劇盜宋江的反正。他們這一夥人被龍圖閣學士知濟南府的張叔夜誘至海濱決戰。該處無山澤水沼可以置奇設伏。這群綠林好漢一見無技可施，也只得俯首貼耳的就降。至此他們仍不過打算暫時偃旗息鼓，來日再圖大舉。而這張叔夜也並非心無城府等閒之輩。他早已與各方布置妥當：宋江降後第一件任務即是往江南征方臘以期待罪圖功。初時官方還允許諸強人保存著「替天行道」的杏黃色旌旗標號，只是一登過江船隻，這批人才發覺自家兄弟已是兩百人一隊，三百人一營的分割配屬於童貫的各軍中。又加以方言不同，土地習慣迥異，也無從與南方的叛徒聚合，至此別無他法只得在官軍中打先鋒。這邊方臘烏合之眾，也並非真有手下的本領，而不過由於官軍畏怯才致坐大。此刻聽說連山東好漢都已降宋，此後還要打硬仗，也就無鬥志了。所以以毒攻毒之計奏功，不到年底方臘授首，他手下偽丞相太子等一併成擒。元宵之後承茵接到父親親筆信，報及一家平安，並且深讚世交陸君體貼周到，恭儉有禮。就此也誇獎兒子能識人知友。家中徐家老屋雖去城垣不遠，幸未遭兵燹，他和母親妹妹打算不日回家安居，兒子可保重身體，但望多多少少寄點錢來。陸澹園的信內則說及家鄉仍是瘡痍滿目，又免不得還要大軍駐屯一個時期，他自己恐怕回京時將近年底。

此時描畫汴京一事已在何敘清淨無為的宗旨下又清閒了好幾個月。一到翌年二月間，作畫的人員面臨一項差遣，朝廷已決定派畫學正陳堯臣出使契丹描畫遼主阿果圖像，還要在書畫局裡的見存人員中遴派兩員同去。承茵亟想參與此場差遣。一因邇來朝廷習慣，宰執大官無不具有使遼的閱歷，如蔡京、童貫、秦檜等是。因之這場經歷，有益於日後的陞遷。二則看來這描畫汴京景物一事近時決不見得有頭緒，他希望在描畫遼主圖像時創出能名，替自己打開出路。三則使遼時有整備衣冠及道途行旅的津貼，他預計少也可以省下二三十千，寄與家中。至於到外國觀光滿足自家好奇心是餘事了。

在描畫汴京景物的十餘人中承茵最以界畫見稱，可是談及人物他也與同事范翰笙不相上下，顯然的已在其他人之上，所以被選的呼聲至高。可是揭曉之日，他和范翰笙及另一組長胡梓義全然無份。這差遣倒派與毫無特長的第四個組長祝霈和他手下的一個見習生。「這真是無才就是德了。」一般人都如此說。此亦是何敘耍下的好把戲：若要無為，先必無能。如此才把祝霈等人當作幹才遣派了。

徐承茵因此納悶了數日，不過以後官場中又醞釀傳出消息：朝廷派遣畫官使遼，用心複雜，表面上此舉原為敦睦於友邦，實際上則覬覦對方，準備挑釁。原來皇上已接得童貫密奏，說是現下國力充沛，人口鼎盛，而內部依然叛亂頻仍，乃是多餘的力量沒有發揮到建功立業的方向去。他主張聯金滅遼，向北拓土，也完滿太祖踐祚以來的心願。描畫契丹酋首之相，可以證實遼國國運當亡。所以這畫像的工作已預伏了一個只可壞不能好的先決條件。但是在遼主面前卻仍要恭維將就，所以此使命可能兩頭都不得討好。畫學正陳堯臣也並不是毫無心計，他要書畫局爹派隨員，甚可以成則一己居功，敗則委過於副貳。所以落選沒有派作他的助手，又未為非福。

三月間開封府經歷到最後一場風雪之後天氣轉暖。畫學正何敘尸位素餐已近一年，也在書畫局裡白喝了十二個月的高粱酒。最後卻仍是悄然去職。他因通真靈達而來，也因靈達未能通真而去。那林靈素自去夏數次祈雨和解釋天象欠靈，還不知檢點。他在修造皇城時指劃拆毀民房，激起群眾毆打，幸虧望火樓上的軍士救護方才脫險，近日又與人在街上爭道。這次他所冒犯的乃是當今皇太子。至此皇上不能再加容忍，於是聖旨一下，此人褫奪各種官銜職位，仍押解回原籍交地方官看管。他所推薦的官員也一律去職，畫學正何敘在內。

何敘去後遺職一直未派員接替，如是又及四旬，最後翰林院奉旨此描畫汴京一事暫為緩置，各員仍依沿革背景另派工作。徐承茵因曾習《左傳》，派赴國子監。此事使他空喜歡一場。他滿以為像李功敏一樣從此進入正途，報到之後方發現新職並非助教等類工作。而係監內附屬書藝局印製《新五代史》，他派任校對。

書藝局與書畫局名目上只有一字不同，性質上卻有絕大的差別。它的主要工作為翻印九經十七史，並裝訂成書，有如工廠，地處在城南新宋門附近，去沁園里有三里半之遙。承茵每日朝晚跋涉，不免覺得勞苦。可是如要搬家，則新宋門地近汴河，夏間蚊蚋最是厲害，他也捨不得盧家宅院廳房的舒適。如果懶得步行，亦可以僱得街頭出賃的馬匹，有趕馬的小孩子隨著奔跑。但是即價廉也少不得每趟一百二十文，又非每日每次之常計。還有則是脫離了畫局，傔從陳進忠回局，書局無此差派，承茵尚得自僱女傭人洗衣煮飯，並且再也領不到街頭寫生的津貼，而杭州家裡又待寄錢過去，他手頭拮据，也更感得志氣消沉了。

這校對的工作因活字版而產生。活字乃新近創製，印書時不雕刻每頁的整版，而是先將所有應用之字分別用瓷泥培乾製成，所以第一頁印就，字盤拆散，各字可以重用，有如「子曰學而時習之」內中之「子曰」二字拆版後即可以用在第二頁之「子曰巧言令色鮮矣仁」的抬頭兩字處了。及至第三頁，句文內有「行有餘力，則以學文」，則當中之「學」字也攤上一次重用的機會。照道理講，此辦法節省人力物力。只是排字之人，讀書有限，常將句法排錯，字句脫落，尤其「巧言令色」之「令」，經常排成「巧言令色」之「今」，若非校對在校樣上用紅筆勾出更正，書板差誤，貽害讀書之士子。此項校對工作責任既重，本身卻又單調重複。有人以為與校書郎之「校書」相比，此間有霄壤之別。校書郎稽考古籍，與蘭台令史同官階；校對雖胼手胝足不得望其項背。

每值夏日午後天氣炎熱，徐承茵工作時，要是全幅衣冠，則少不得汗流浹背。若要解衣寬帶，又被蚊蟲咬得體無完膚。他又免不得自怨自艾，嘴裡說：「這種幹活與我曾讀《左傳》有何相干？任何蒙生只要不把『左傳』讀為『右傅』也就大可勝任愉快了。」

可是他在這邊獨自埋怨，朝廷聯金滅遼的政策則日有進展。陳堯臣一行早已返京覆命，所畫遼主延禧小名阿果的肖像果然是上斜下短，日月無光，主契丹國運將盡，所以攻遼的計畫勢在必行。不過其名目不稱「攻遼」，而謂之「圖燕」，取《孟子》「齊人伐燕，以萬乘之國伐萬乘之國，五旬取之」之意。統帥童貫也加「河北、河東宣撫使」之頭銜。太師蔡京之長子蔡攸則為副使。當徐承茵揮汗工作之際，開封城內的街聞巷議離不開下述的軍事行動：

「今日汴河又來了十隻大船，每船都載著南方調回的兵馬。」

「通津門的水果行說是買不到荊州的沙梨了，因為南來的船隻都載滿軍需器械。」

「我不相信，這完全是奸商閉戶居奇的一派胡言。既有這麼多的兵船，那軍官軍士不會營私載運嗎？」

正在這段期間書藝局流出的傳聞成為確信。國子監檢驗用活字所印《新五代史》樣紙後認為不如以前之雕版，此批書籍印完後即不再加印，以後仍用庫藏之木版，校對一職也就此裁免。徐承茵苦笑著說：「我一到哪裡，哪裡就關門倒台，閉戶歇業。命既如此，我也用不著為此事傷神著慮了。」

轉瞬夏盡秋來，有一日承茵將最後一批樣稿發付之際，局裡傔從呈上一封來信，說是傳自軍郵。拆開一看，上款書「承茵姻兄雅鑒」。他還以為作書人陸澹園酒後糊塗將因誤作茵重寫，又添女傍，可是再一看出，落款又稱「愚姻弟澹園叩」。那就是了，他自己既與徐家並無婚媾，則澹園必已與小妹蘇青成婚，至少也已定親。他不免疑惑：何以家中如此要事，他做兄長的事前全未與聞？他父親前月尚要他寄錢回家，又如何辦得起奩具？照道理講他小妹嫁給這樣一位夫君，至可欣慰。陸澹園首先支持他應考，近日又照顧他的雙親，倚之為妹夫，正可替自己分勞，也算正中下懷。只是事前令他蒙在鼓裡令人費解。他想來想去，卻忘卻了澹園信中要旨。他說明奉命北行，可能提早在重陽節後返京，看來也是參加童貫大軍之圖燕。

次日又有學長李功敏來局小敘。他向承茵道喜，順便也替陸澹園解釋：他澹園與令妹一見鍾情。只以剛替伯父母辦些小事即遽爾求婚又未免過於魯莽。尚在猶豫時忽然接到命令，收束江南業務，整備北上，才只得儘快央媒說項。好在兩家父母已在患難之中朝夕過從，至此也算世交，於是一說即就，水到渠成。目下儘早訂婚，一俟北事底定後迎娶。至於奩具一事他也明知岳父母在兵荒馬亂之中為難，姻兄承茵也不必記掛。他澹園為著兩家體面已悄悄的向泰山送去一筆錢，所以各物送至陸家時看來並不菲薄。他還曾笑著說：「如果承茵一定要堅持，算他欠我一筆好了。看來他的書畫遲早必成名家。他日大筆一揮，人物也好，山水也好，一紙千金，歸還此戔戔借墊，就卓有餘裕了。」

徐承茵只得假裝笑著，姻兄還不知道他已從書畫局至書藝局又為校對，至今校對之職務亦將不保。他口裡說及一切聽天由命自己毫無牽掛，實際上則記掛至深。

又過了兩天他在書畫局裡的傔從陳進忠看來仍是傻頭傻腦，卻也能在左詢右探之間找到他自己的校對几案。他說翰林學士張擇端現占用前主持何敘之公事房，有要事與大爺商量，大爺可要火速前去。

第七章

陸澹園初說年底返京，次說可以提前至重陽前後，實際他在中秋節後三日即已返回開封府。可是他要到審計院覆命，並向其他有關衙門關節照應。又隔五日後才與好友李功敏及姻兄徐承茵把晤重聚。劉家縷肉羹店的小二見著老主顧久別重來不免分外慇懃。陸澹園已由南帶來送兩人石榴、沙梨各一小簍，絲鞋一雙，吳綾襪二對，建陽小紗一段；姻兄外加窄棉袍一襲。徐李兩人還說是為陸洗塵，可是澹園已預先申明：今晚花費全在他身上。他作主叫菜，桌上海陸珍品畢陳，徐承茵也不能完全憶及其品目名數。

承茵此時已不能完全抑住胸頭喜氣：一來聽得家鄉父母無恙，又招上了這樣一位好女婿，功名順利，舉止闊綽慷慨。而他自己也有好消息見告。要是三人重聚提早兩月，他不免感到杌隉。回想當日他們三人來京應考，轉瞬將近四年。李功敏為國子監助教，早已進入正途。陸澹園以京職外放，也做得一帆風順，不日參與太尉北上圖燕，更只有愈為飛黃騰達。他自己則首先畫茶壺，次之進船廠，甚至改行作排字印書的校對，又幾乎連作校對之事也做不成了。幸虧天不絕人之路，那日傔從陳進忠，喚他見得翰林學士張擇端。此人也算正牌出身，毫無劉凱堂及何敘的閒雜習氣。他首先即申明：他以翰林院的官職，將此描畫汴京景物的圖像畫成交卷，不再延拖，只對當今天子負責，也不用主持等名號，手下的組長見習一概革去不用。他只要兩員帶畫學諭銜的助手，將各人存積的街頭景物之畫稿清出整理，作畫卷的基本資料，以後還供他自己詢商繼續設計。他問及承茵願否作他的助手。徐承茵忖想：我若是能派得上這種差使，也是有幸了，還問我願不願意，這是何等話語？於是一說便就。第二日又已決定其他的一位助手即是范翰笙。至此徐承茵才真正感覺學有所用。並且他距當今聖上之間只有張翰林一人，因之他在御前見用的機緣已非空中樓閣了。

只是專注著自家願講願聽之事而不及旁人之囉嗦乃人之常情。當陸澹園提及三家老小去方臘叛徒進犯杭州之日，真是千鈞一髮。他指著李功敏說：「人家說，小亂進城，大亂逃鄉。功敏兄，你家在這種情形之下還向杭州城裡鑽去，真是失算之極！要不是被城中逃出的人潮向西北方向一推，把你一家也衝至積溪河去，我們即恐怕踏破鐵鞋也無法尋覓了。」

李功敏點頭認是。陸澹園又一手指著承茵：「你家裡還有這個姓羅的僕人——」

承茵回說：「我們稱他羅老相，已跟隨家父多年。」

陸澹園又將杯中之酒一飲而盡，才半像譏諷半像責備的說出：「他一直問我是不是招贅的做徐家女婿。」

徐承茵只好解說：「他大概見到你對家父母這樣慇懃周到。」

本來將這些家事交代之後，承茵很想趁著機會告訴李陸兩人，汴京景物畫卷之進展。這畫卷已定名為《清明上河圖》，取其「清明在躬」之意，只表示城中一種意態，並不一定所畫限於清明節那天的情事。所選資料也只有混雜的代表性質，並非一街一巷的據實寫出。翰林學士張擇端還有一種獨出心裁的創意：他準備在畫卷之右端畫旭日方升，鄉人販菜進城。卷之中端也是日在正天。卷之左端方是午後黃昏薄暮。可是他剛說及：「你不是關心我們畫卷的名稱嗎？現在我們已決定稱之為《清明上河圖》——」還待繼續解釋，陸澹園早已不經意的回答：「是嗎？」他仍將話題扳回到徐家羅姓僕人，承茵所說的「羅老相」。

「他還不相信——這個傢伙——他還在問我是否準備做徐家的贅婿。」

徐承茵找不到更好的開說。幸虧此時李功敏另外打開話題。「澹園兄，」他問及：「你曾親眼看見過宋江等人沒有？」

陸澹園用手指在自家脖子上一劃，口裡說：「你們兩位仁兄，真是書生的見解！像宋江、盧俊義等綠林豪傑，讓他們去自存自大，那未免太理想了。我不知道當局對他們如何處置。總之這班匪人，總以早日解決為得計。他們親自帶兵去征方臘，這是官方發送出來的消息。說不定明天還要說他們請纓征遼呢！是他們真的要去，還是他們的孤魂怨魄要去，那我就不得其詳了。這些草寇手下的嘍囉——倒真有用處，只要處理得好，當中確有不少仗義輕生的好漢子，可以為朝廷出力。假使重用他們的首腦，任之為指揮使，讓他們打先鋒——那就未免太行險僥倖了。」

看到徐李兩人面面相覷，茫然若有所失，他將各人酒杯再度注滿，才徐徐的說出：「你們總以為兩軍交鋒，主將出陣，紅白分明。這邊是紅盔赭甲，又是棗色旌旗，騎的也是一匹赤兔馬。那邊則是白盔銀鎧，使的是梨花槍，素纓玉帶，坐騎又喚作『一片雪』。——對不起得很，不要怪我殺風景——這種情景只在戲台上出現，不見於實地戰場。」

李功敏仍保持著他的姿態，發問時眼不見對方，只是有聲無色像背書一樣的問及：「那實地戰場的情景又怎樣的呢？」

陸澹園呡了一口酒才開始回答：「兩軍相接，各擺陣形，爭奪高地，各據要津，彼此派出巡邏斥候，窺探對方的虛實——這叫做打硬仗。這種情形不是沒有；但是此不過十之一二。其他情形只要讀孟子見梁惠王便見知曉。」

什麼是孟子見梁惠王呢？徐承茵尚在納悶。到底李功敏是國子監助教，此時他抬頭朗誦：「填然鼓之，兵刃既接棄甲曳兵而走，或百步而止，或五十步而止。」

陸澹園開顏一笑，就此解釋此說非虛：「夫戰者氣也。在十九場合之下打仗就是打士氣，只要先聲奪人，不是敵方先潰，就是我師敗績，兵敗如山倒。」

又下過一場菜之後，軍前徵信郎陸澹園繼續開導學長國子監助教李功敏和姻兄畫學諭徐承茵。人家說方臘起自花石綱，這全是一派胡言！凡是造反總要找出一個名目作藉口。於今採花石綱擾民也成為了江南草寇逞凶的憑藉。好在童太尉已挺身而出替皇上草罪己詔，使匪徒無口可藉，無隙可乘。即此這場事變也因之剷平。朝廷次一步的工作則是圖遼——趁著削平內亂的氣勢尚在。

遼之可圖也從他們內奸迭出的情形即可看出。比如說，先有馬植。此人世代都在契丹朝中做大官。不久之前他自動來東京獻策約金攻遼。對大宋講亦即是遠交近攻。那馬植向來以契丹之巨姓還要策畫攻遼呢？然來他的祖先並非姓馬，而實為唐末藩鎮之後裔，所以當今天子替他改名為李良嗣，取其恢復為唐朝後人之意。及至他渡海見金主，攻遼復燕之計定，聖上嘉納，又賜他國姓，所以現名為趙良嗣。遼國還有一個重要的內奸則為上將軍郭藥師。此人在遼東掌兵八千，但經他私下召募帶甲之士即逾三十萬。此人已與童太尉密約，他舉足輕重，一日公開降宋，遼國可以立得。不過這些都是軍機祕密，兩兄只可意會，還要守口如瓶，不可外傳。

其實這些傳聞徐承茵在東京也不知聽及多少次了，只不知是真是假。看來則是姻弟少年得志，各事經他解說無不頭頭是道。直到李功敏問及他自己清點兵馬人數時有何心得，他倒放下酒杯，略現躊躇，口裡則說：「一言難盡。」

照他的解釋：戰與不戰大軍永遠在流動狀態之中。即是今日江南底定，不時仍有方臘殘部歸降，朝廷為著羈縻之計仍不得不予他們點名發餉，可是內中也有降後之逃兵逃官。徐承茵也可以想見此中情形：近日由南調北的兵馬已不入東京，只從距京十里處上陸轉道北去。一說南兵不守紀律，買物不給時價，恐怕進得城來有礙觀瞻；一說太尉童貫虛報兵馬人數，不願在都城人士之前露出實況。

徐承茵多時希望姻弟來京可以抵掌作長夜談。至此一頓飯之後不免失望。一方面看來陸澹園慷慨直言的形貌依稀如舊，一來則顯有新來的隔閡。他也不知不和諧的地方究在何處。

飯後各人淨手畢，陸澹園又親往縷肉店帳房與劉老闆應酬一番。李功敏趁此告訴徐承茵今晚他們三人還要到相國寺附近的南曲過夜，一切由陸澹園擔負。承茵兄決不能來此時推卻。只此一次，如果承茵兄見外時則不僅在學友之間，尚且在姻兄弟間從此生出嫌隙。李功敏尚且自身作法的解釋：他也是有家之人，但是偶爾風流也不過逢場作戲，他就直告家人，也不傷夫婦情感。至於澹園帶來之禮物，更無用擔心。他去見劉老闆即順便請他派人將各物送至兩人住處。

此時使徐承茵更感為難的則是他們所逛的高級妓館樓家，坐落相國寺東門後街南曲，內中最出色的姊妹則為樓華月，亦即三年半前與他一夜同宿緣分未盡之華月。那次不久之後她被轉賣給樓家。她不僅容顏出眾又有了樓華月這樣響亮的名字，刻下已為東京名姝之一。陸澹園回京後只說公事怕迫，五天之內倒有三夜宿在她的香巢裡。屈指算來她已在十七十八歲之交，也是妙曼的年華了。

大凡男女間之事，最是要得專心。如果兩方存著一片癡心，將人世間任何縱橫曲直，全部置諸度外，也不分你我，則靈肉相通，身心如一，彼此同進入海上仙山的神妙境界。若是當中有任何阻隔，如有聽到不悅耳的聲音，聞及不願入鼻的味覺，則此類事物立即將當事人打歸塵世，此時一個人騎駕在另一人身軀之上，不僅猥褻，而且尷尬。

徐承茵已兩次逢到這情景上了。他到樓家去原為著好友與姻弟的逼迫。同時也因為陸澹園患難之交，近日尚照顧自己的父母，只是不得不去。一到該處果然見及華月容光煥發，亭亭玉立，毫無三年前羞澀委屈的情態。她一見陸澹園即像小鳥依人樣的倒將他懷裡去，對他自己則只點頭認可。

此時承茵不免在嫉妒之中滲雜著許多無名的情緒。再因著澹園更覺得對不起自家的小妹。他的妹夫尚未成親即有這樣的外歡，則他日徐蘇青的空閨獨守也可想像了。

他們安排著接奉他的姊妹名樓花枝，顯然的取自「樓上花枝笑獨眠」之句。她的面貌與身軀也都名稱相稱，可能令一般男士傾倒。此時香巢內無不悅眼目的事物。如果沒有幾件分心之事，徐承茵甚可能與她傾情盡歡。不幸花枝又因著她自己對樓華月的嫉妒做了勾欄之人不應做之事，在顧客前議論自家姊妹之長短。看來她尚不知徐陸兩家的姻親關係。此時她信口說出：「她見著你的朋友這位陸財主還只三天，就叫嚷著他會替她贖身。」接著更加評論：「她一面忙著不停的嚷著說贖身從良；一面又見客張揚，到處賣俏，自抬身價。」

徐承茵不知如何回覆，只望著牀緣上的空心雕花欄干發怔。

第八章

經過八月下旬逛南曲樓家之後，徐承茵立下了一段志願：今後他不再隨人擺布做自己不願做之事。並且策勵自己：有話即說，不再過度顧忌對方的反應。即是人家是近親好友或救命恩人亦然。是不是這樣他會和姻弟陸澹園發生衝突？他尚在考慮這問題時，澹園還沒有論及在東京過重陽節，即已啣命隨童蔡大軍北行。並且此次他又未與姻兄道別，仍是由好友李功敏事後通知。

這樣一來，他更可以將家事置之度外專心於畫卷之事。傔從陳進忠搬回盧家宅院，也給他日常生活中帶來多種方便。

他和范翰笙都對新上司張翰林學士有一種奇怪的感覺。他已是三十開外的人，可能接近四十，面上總是浮著一股笑容，他的名字不見於各年的進士題名錄，也不知覺他曾在何處畫學裡進修；只是大家都知道他曾為蘇叔黨的助手，曾隨蘇入宮畫壁，想必以書畫見長，經過特別提名，貼職免試，由今上皇帝破格命入翰林院。最近又加學士銜則是因為圖畫汴京景物一事，以前兩個主持人物聲望卑微，不被人重視。今度聖上更要將這《清明上河圖》及早完成，特別表示負托綦重之意。即在陸澹園經過京都待命北上之日，宮內皂子營還兩度派輦轎接他翰林學士至大內供御前詢問，這是前兩位主持人任內沒有的事。只是所詢何事，張擇端沒有言明，徐范二人也不便過問。

和前任不同則是張擇端作事有條理。他接任兩日，即向徐范二人說及：「你們畫的底稿，我已經見過了。內中資料倒也十之九可用。」這樣好像一切都已明朗。但是他接著又帶笑的說：「可是內中也有十之七八不能用。」

為什麼十之九可用而又有十之七八不能用呢？原來他認為各人一年多來的街頭寫景也算應有盡有。當中只有些結構含糊，兩篇畫幅之間缺乏啣接之處，需要重新考量或再度臨實物訂正之外，所欠資料有限，所以十之九可用。只是現存畫稿之中，各紙重疊贅尤，雜亂無章，不僅不存美感，而且全幅搬出只使看畫之人眼目混淆，不知作畫之人立意之主旨何在。所以存稿需要大量整理淘汰，歸併收束。是謂十之七八無可用。

徐承茵想著，這樣才給我們一種開導。我們以前的兩個上司，一個專在小處尋差覓錯的找手下人的麻煩；一個在大範圍內不聞不問，難怪要耽擱一年多的時間了。

張翰林又說：「這圖卷只一尺高，倒有二十尺長，看畫的人左手執著卷軸，將畫向右手處伸展過去，眼光則以相反的方向，從右向左看，所以我們務必注重畫中人物的動態。我向皇上請准畫卷之稱為《清明上河圖》，緊要的在『上河』二字。內中表現著循汴河向上游而去，有主題在。」

這時候徐承茵發問：「請問學士，是不是全部畫幅都擺在汴河上，而且只畫汴河，不畫蔡河？」

張擇端回答時離不開他那種帶稚氣的笑容，並且毫無武斷的聲調。「我想不會那樣的吧？」他又加著解釋：「我的意思，最右端描寫鄉人鄉紳進城，也滲上一點田野景色，使看不慣以街頭巷尾作畫題的人有了一段準備，然後才引入汴京。這段引導的場面有了三五尺，也就挺夠了，是不是？然後沿河而行，我說汴河，以汴為主。當然內中也可以滲入蔡河景色。你們幫我將河中各種大小船隻，河上的虹橋，岸上的垛房，啟貨運物的情形，畫得他一乾二淨，這種場面也不過於五六尺。這兩個節目加起來應不超過十尺。十尺之後我們捨船登陸。另外十尺，亦即畫幅之半，留著描畫京中景色，除非你們有更良好的建議。」

他說著船隻和河畔情景時眼睛專注在徐承茵面上，好像已經瞭解，此是承茵的興趣與特長。而承茵也想著：他隨口說出「垛房」的名目，必然對東京的景物有適切的認識。

范翰笙又提出一個問題：「如果選著某條街巷作畫題，是否把當中每家鋪戶都據實的畫進去呢？」

張翰林又說：「我想不應該那樣的吧？」他右手握成一拳，向左掌掌心輕輕的敲擊過去，嘴裡連哼著：「選擇，選擇——選擇。」停了一會，他又張口：「我的名字，不就叫做張擇端嗎？」聽到這裡徐范兩人也都笑了。

他趁著這機會再加註解：用二十尺的畫幅，去描寫十多里的景物，那你怎麼來也得選擇。何況東京的店鋪，賣篦子的則一街都賣篦子，估舊衣的則一街都估舊衣。如果凡事照實寫去，只會使看圖的人覺得作畫人只張眼，不用心。此亦即是他自己剛才說過，局裡所存畫稿十九可用而十之七八無可取材的由來。

說到這裡他的臉色比較沉重。「人家都說皇上築艮嶽，鑿雁池，也是當今一段大事，我們應當把當中情形畫進去。我倒想問他們：這怎麼可能？皇上的御製序就已提及：『取姑蘇武陵明越之壤，荊楚江湘南粵之野，移枇杷橙柚荔枝之木，金娥玉羞虎耳鳳尾之草……植梅萬株。』接著又稱：『參朮杞菊黃精……禾蔴菽麥黍豆秔秫……築室若農家。』那你把這近三十種的食用本草和藥用本草一一畫去，我們二十尺的篇幅即已用盡了。我們都知道：艮嶽雁池只不過一種籠統的稱呼。即稱之為萬歲山的山水，也仍是概稱。其實內中還有萬松嶺，大方沼，沼中有洲，洲上自有亭閣廳館……」

也虧得他是翰林學士，才能把這些名色一口氣的背出來，承茵想著。這樣看來，所謂御製序也甚可能由他張擇端首先作稿。

他也明知自己的問題只會引起無可避免的答案。只是承茵一想起舊時同事胡梓義和祝霈帶著手下共六七個人花了好幾個月寒暑無間的工作，至此都成廢紙，他仍免不得問：「請問學士，那萬歲山全部都不畫了？」

張擇端只默默的搖頭。過了一會，他才恢復笑容，慢慢的說出：「最多只在畫面上現出一個像樓台亭榭之一角，或許也在近旁添入三四株由江南運來的樹木，約略表示與本地所產榆柳枝葉不同，這樣也至矣盡矣。」

他又感受到徐承茵在旁的怏怏不快，才又補入：「承茵，你如果擔心你同事們的心血，全功盡棄，付之流水，那倒用不著。他們畫的當中確有不少本草的標本，其中藥用部分，一待我們畫卷完成，即可以移送至醫學裡去。內中又有米麥豆菽之類則應當供戶部參考。他們必定有一個科或處，會對這資料感到興趣。」

他尚未說完，范翰笙即已插入：「這屬於戶部左曹的農田案。我有一個鄰居的親戚在那裡當案員，所以知道這是他們的職掌。」

當張擇端說及「可不是嗎」時，承茵仍在一旁忖量。當初大家都說繪圖重要。有的說要從《說文解字》起首，有人說這是格物致知的根本，祝霈等人縱是不才，他們之所描畫也仍是一撇一捺照著這宗旨做出，於今只落得如此下場……

范翰笙又補入：「那麼大內的各宮殿，各處衙門牌坊，上清寺與相國寺也全不能收入了？」張翰林學士只是搖頭。「沒有篇幅。」他再度恢復了輕鬆的面容，卻仍是堅決的說：「皇上的旨意，這畫以民間生活為主。」

經過這段觀察，承茵確切體會新上司與前任不同。他聲調和緩，也儘量的讓下屬發問，只是他答時毫不含糊，每一句答語都是一種腹案，並且各有內在的理由。既然如此，這全幅畫卷只包括三大項目，亦即近郊鄉野，入京河道，與開封府街市。此外兩府八位，畫棟雕梁，番漢人馬，蹴球伴射，鰲山燈海……是否經過前人描畫不說，總之就不是今度作圖的範圍。

只是當中一點令人不解，看來這描畫汴京景物一事，也和築艮嶽一樣，處處都有皇上主意。何以當中最重要的決策，不在一年之前公布，而一直要等到換了兩個主持人之後，才搬出揭曉？又過了一天之後，他才領悟到，范翰笙所說非虛。這描畫京城景色一事，甚難避免多人議論，而百官總是百官，只有眾口紛紜，莫衷一是。而當今皇上也確是一個絕頂聰明人物。他先讓各人憑空吵鬧著各不干休，直等到大家都已氣力用盡，才給這畫卷一個水落石出的機會。這辦法也仍可算作「先黃老而後六經」，在無為而治的宗旨下產生條理。

他們的工作，則是由張擇端決策之下，徐范二人，各利用過去街頭寫實的經驗，也儘量參考現存的畫稿，先作橫寬不及一尺的畫幅二三十來幅，又免不得增減損益，加入當中纖細之處。內中也有從南向北看去和從東向西看去不同。直到幾度修正，才謄繕在紙上供御覽，經過聖上批可，才用蠟紙蒙在絹上去。此時另有特製之筆墨，其筆尖剛硬無比，所用之墨則煙灰木炭多於膠脂。這筆尖飽蘸墨汁之後，並不即用，而是放置一邊，經過一晝夜之後，水汁已乾，煙墨具在，凡它所接觸先已在絹紙之上留下一段若有若無之痕跡。所以最後畫在絹上的圖像，都先有底稿打下了基礎。

在繪圖設計的過程中張擇端盡量的讓徐范二人參與。他甚至讓他們畫著一幅與正本平行的副本。只是正本絹幅則大部分都是他自己動手，以保存風格筆法的一致。只有房屋磚瓦和船上釘板等不礙大局的部分，才有時令徐承茵襄助。

初時承茵尚對著要呈御覽的絹幅感到畏怯。要是一筆畫歪畫錯如何收拾？張擇端免不了在旁鼓勵：「怕什麼？它不過是一副黃絹！你想那朝中監察官動輒要彈劾一品大官，武官要在百萬軍中取對方的上將首級，尚不畏怯。即是當年蘇叔公入宮畫壁，也是在眾目睽視之下，說畫就畫，毫不猶疑！這畫已有底稿，你怕什麼？」至此他的笑顏再度出現：「畫錯了也有我張擇端在呀！」

他以後才告訴承茵：如果真的需要修改，也仍有辦法具在。他自己即有黃色染料，與所製絹的完全一致，一度渲染上去，沒有人能道出當中破綻。如果真有更重要而範圍更廣的修正，尚可以讓文繡局的特殊工匠在絹上抽紗。只是最重要的仍是作畫人的自信。下筆前要仔細思量檢點，是否用了合適的畫筆，墨是否蘸得得當。這些地方可以保證不錯。但是一經動筆，錯就錯了。任何人的手筆也不能畫得像木匠引用繩壺的筆直。而且不矯揉造作，不勉強投世俗之所好，正是畫家的風格。

徐承茵隨著張擇端作業，確是學會了不少的技巧。有一日翰林學士喚他的助手到案前，指著他的圖稿說：「承茵，這沿河垛房與遠處街道與流水的方向平行，正適宜於施用『三道屏風』的祕訣。任何景物都可以區分為『近距離』，『中距離』和『遠距離』三階段。只是這樣的劃分在某些景物裡非常明顯，有些則互相牽扯，層次模糊罷了。處理這幅景致時你不要先以為他是沒有結構的一片平板。假使我給你三道屏風，讓你在各屏風上分別畫出近、中、遠三處事物。先說你如何將近處事物畫出？」

承茵用不著仔思索，已信口回答：「兩隻船，一艘貨船和一艘客船的左舷。」

張擇端點頭稱是。又問：「當中的屏風呢？」

「垛房進貨之門和餐廳的窗戶。還夾雜著好幾間房舍的屋瓦。」

「遠距離呢？」

「隔街的約十來家店鋪，好像也有不少的桌椅和牲口。」

「這就是了！」張翰林笑著說出。「你如果將這三個段落區分得清楚，你的畫面已有了合適的縱深。你再在當中加入細節，譬如旅客與送行之人道別，一株柳樹，街中負販介於這些段落之間，那你的畫面就生動而又逼真了。」

過了一會他再問承茵：「你也是畫船之能手。我要請教你，這客船與貨船如何區

別？」

承茵回答：「其實客船也載貨，只是所載不多，所以吸水不深，可以在多處行走。貨船大部分載貨，艙面上也用木板鐵釘釘牢，不多設窗戶與透風的篷頂。我畫的這艘貨船業已卸貨，所以他將近岸的泊船的地方騰出來。你只看他的舵葉，就知道滿載之後，他的吸水必會比旁邊這艘客船為深。他在河道裡專行走水之深處。學士，前天我問你這畫幅是專畫汴河，或是汴、蔡都畫，這當中實有區別。」

「可不是嗎？」張擇端又眉目傳情的認可。「所以這幅《清明上河圖》能否畫好，我全靠你們兩位的支持。我們三個臭皮匠，才能敵過一個諸葛亮。」說著他又露出一排雪白整齊的牙齒。

以後他們畫逼近河旁的茶舍，也引用三道屏風祕訣。近層畫著苦力以背扛著盛貨的布袋。河畔有一個收納人點驗布袋；還有一個經紀人坐在布袋上，用手劃斥乞討之人離去。這窮傖還存著覬覦之念，一心想收撿殘留在地上的棗子。中層則描寫一般傳郵力役走販經常光顧之茶店。茅屋為頂，竹籬作壁，裡面也有一座泥質之火爐。距河愈遠，則飯館茶舍也愈講究，當然這仍敵不過城市裡大街鬧市的酒家。遠層高處則畫一處亭榭，園中草木紛紜，卻非本地街頭之榆柳。這設計也由張擇端參照著徐承茵、范翰笙二人所提供的資料歸併收拾而成。當中也加入一個打抽豐的漢子，他索性趁著晴天在大街之上解衣捫背索蚤。一把萬年傘則暫時扔放在地上。還有一個瞎眼算命人，被人牽顧著過街。

所以此畫幅不僅有了近、中、遠的三種次序，也顯示皇都裡貧富及介於其中不上不下的三個階層。而以張萬年傘的漢子及盲眼算命人打破當中的單調。徐承茵初不以之為然。這畫幅雖也略示等級之差別，可是開封府戶口之內富者畫棟雕梁，貧者無立錐之地。還有前些日子范翰笙提起：朝中大臣賜第，原有居民被拆屋淪為棚戶，此中種種不平，專以屏風祕訣輕輕帶過，未免取巧塞責。而且一角亭台，即代表宮廷與豪門之奢華，也和事實相去至遠。又讓他逼近河邊，更是不近情景。可是到頭仍被張翰林學士說得無可啟齒了。

張擇端解釋：於今聖上要描畫東京，有如《詩經》的作者之敘民情。而《詩經》之可貴則在它的含蓄。它總是樂而不淫，憂而無傷，當中也保全了一個「不為已甚」的大道理。總之君子之道忠恕而已矣。聽得這裡徐承茵也只好立志作君子，無法堅持為小人，因此住嘴了。

在研究考訂之中，也提及視線問題。承茵記著：前任主持劉凱堂將作監出身。那將作監的匠畫無標本可臨，他卻堅持近處事物大，遠處事物小。即同樣大小品物因置放位置不同，其視線中之尺寸也生差別。例如一根柱木縱是圓徑大小一致，從上向

下看時上大下小；從下而向上則上小下大。張擇端緩和的說出：「原則上他是對的，不過這種作法只能畫局部之圖。在小範圍內，視線才可能一成不變。」說時他以一家腳店的綵樓為例，也順便抽出數張他自己所作草稿。如果這綵樓以這匹馬屁股作基點，「蟲瞻」的從下向上張望過去，則所有直線向上集中傾斜，好像他們打算在九霄雲中相聚。如果升高立足點，從上而下「鳥瞰」，則這些直線又向下傾斜集中，好像要在地窖之中碰頭。「但是誰有這耐性，會蹲在馬臀之後一看再看的考研過去？又誰能踏上雲梯，去計算這綵樓？還不怕會看得頭昏眼花？」

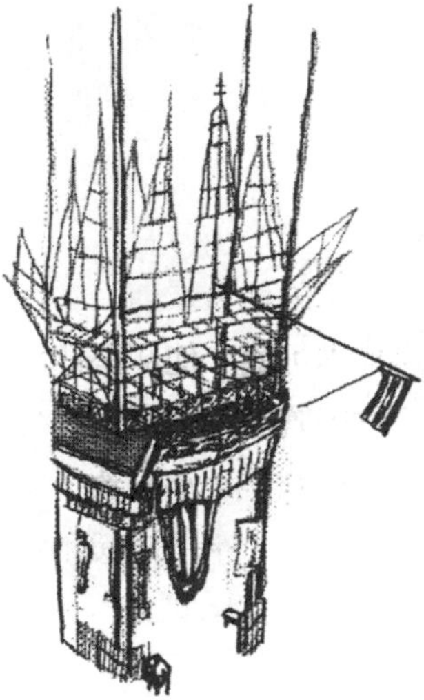

一笑之後，這翰林學士順便批評此類匠官之拘泥小節。即是他們能作畫也畫不成體系。所以他們重要的設計全靠造成模型式範。可是問題又來了，他們更怕祕訣外揚，所造成模型也只顧得師徒互傳，怪不得一種行業技巧到達了某種程度就再不能長進了。承茵聽著深具同感，他自己到清江口船廠見習時，所遇正如張之解說一般無二。那清江口所造船又何止數千百艘，問來卻無一紙圖案可尋。匠人所作標本也不失為嬌小玲瓏。他想查看究竟，這些人總是托辭不讓他多看。

經過張擇端的安排，大千腳店的綵樓各柱直立。橫寬各柱也在畫上一律等距離。側面則保持四十五度的角度。如此各條柱全部在位，無一遺漏，也無暗角之間須要探詢的地方。至於縱橫木條接頭處概用繩綁，不再釘銷，則是和船桅槳舵間的情形一樣；凡接頭之處最怕用力過猛衝擊。綵樓所承擔的風力亦復如此。所用繩索即是綑綁至緊當中仍不乏空隙，可為緩衝。這些講究處也在圖上一看便知。

「按實說來，」張擇端用銅鎮紙壓平手下三數張畫稿的捲角之後繼續說出：「沒有人能隻眼看見此綵樓的形貌正和這圖一樣。可是我的畫卻使他們的設計一覽無餘。以後匠人看著也可以照圖施工，不致將木條木棍編排得沒有條理。——這也正是將作監和造作所各先生同仁們應當虛心學習的地方。」

承茵想著：這樣看來，人世間之至理無從全部目睹。眼目之所及一般人以為實

酒樓
腳店

在，當中卻還有虛浮的地方。此中蹊蹺能不令人警惕。

至於腳店門前也應加入一些人物動感，則經過張、徐、范三人從長商議，最後決定以大車轉運錢幣最為合宜，這大千腳店既掛出川字旗，必有榷沽常課入官，錢陌以七百七十為一千，由軍士押解也是常態，內中為首一人背有公文袋，可算應景。至於隨行軍人攜帶武器則不畫入。

在研究考訂之中張擇端徵詢徐承茵的意見多，與范翰笙的接觸少。這種情形使承茵一則以喜一則以懼。他忖想張因作蘇叔黨的助手而發跡。而他又為張手下之第一人，說不定在這畫卷完工前後他自己還得朝見聖上，也甚可能因之而飛黃騰達。另一方面范翰笙即不算肝膽相照刎頸之交，到底也是兩年來出入的同事。他深怕兩人之間因著名位而生嫌隙。況且他以前評議頂頭上司，被范認作慷慨直言。至此他也不願在翰笙面前表示現在已改變初衷，竟是前踞後恭，在張翰林學士面前毫無本身表態，只有一味奉承，當他在進門時很謙恭的向范禮讓：「翰兄先請——」翰笙堅持不就，總回說：「茵兄你先請。」嘴角裡即流露著一種似是而非的微笑，令人費解。

他也曾在張翰林學士之前爭議過一次。張決心在畫幅上添入駱駝商隊出城的場面，預計在城門甕洞外前後出現駱駝四口，那麼全隊應有駱駝七八口之多。承茵遍詢熟悉開封府掌故沿革人士，均不悉有駱駝商隊來東京之事。他又親往鴻臚寺和引進使司，各官員證實駱駝商隊僅往陝西路，在極少情形下去西京，只有一個老吏目憶及元豐年間曾有龜茲國王用進貢名義驅獨峰駝二口來東京，此已是四十餘年前的事了。承茵覺得天子既將描畫汴京一事當作與修國史一般重要，則受命執事之臣僚即不應無中生有顛倒年月的將想像之中的情景描入畫端。所以深願翰林學士打消此念。只是他慷慨直言，張擇端總是微笑推卸，最後被承茵逼問不已，他才輕輕道出：「此是聖上自己的主意。」

徐承茵不免感到悵惘，何以他不把聖旨作主的情形提前道及，還省得自己到處打聽把問？又何以他不秉著史官的節操在御前據理力爭？至此他對翰林學士為人的看法不免籠罩著一股陰影。他又記起張擇端笑而不言時，范翰笙面上也顯著那若有若無的神情，因之更增加胸中疑竇。

可是即在此期間，大概去臘八未遠，甚可能是節後三日，童太尉捷報至京，遼國業已削平。大金履行盟約割交燕京並涿、易、檀、順、景、薊六州。自此太祖陳橋兵變以前未遂之志，真宗在澶淵所受之恥，和神宗皇帝發憤圖強之誓約或已實現，或被昭雪，於是普天同慶。天子朝獻景靈宮，饗太廟，祀昊天上帝於圜丘，太師太尉以下一律進爵加官，連東京士庶閒雜人等也全部喜氣洋溢。因為大宋版圖伸展，戶口錢糧增多，新政敷功，不僅「豐亨豫大」的辦法要加緊繼續進行，而且見存人戶尚可得到停刑減稅的好處。

正月元旦的大朝會又有大金國派來的特使慶賀。行該國國禮，副使則跪拜如漢儀，禮後天子賜宴。初六日，徐承茵之好友李功敏來告：陸澹園已因籌策之功升昭武校尉，此是五品名位，李建議他們兩人合購緋色袍服一襲並滴粉縷金帶為賀儀即速寄往燕京軍前。徐承茵認可以後不免納悶。澹園與自己已為貼身姻親，為何重要消息仍一再由李功敏轉達？而且李任職於國子監，也因國家圖燕功成而升官，已自助教進為直講。只有他自己則仍為畫學諭之九品官。他也不知道國子監的訓誨與王師奏捷有何關係。想來想去到頭他仍只能安慰自己；看來他之不得升遷，還是頂頭上司牽制。張擇端為翰林學士早已躐等，無可再升。他自己與范翰笙為其部屬也免不了隨著受累。如此看來仍只有希望《清明上河圖》及早成功，皇上嘉納，則不怕再不加薪進級了。

所幸這畫圖日有進展。以前一個沒有解決的問題——一座虹橋的寫真也因張翰林「更上一層樓」的祕訣，而得豁然開朗。然來此橋無水上之支柱。橋面有如一把弓背被弦線在兩端緊束而固定。而虹橋之為橋連弦線亦不具在，而係橋之兩端著岸處已預先向近水方向築砌有磚石，橋之弧形梁材被嵌卡在磚石之間埋在地下。而且虹橋也並非獨木橋，而是由十二根棟梁之材併合組成。這像排骨的形貌只從橋之低處向甕洞中看去，也是遠小近大，才看得清楚。河中又畫有客船一艘，水手操作緊張，避免與橋衝擊，更使畫面看來愈為生動。

虹橋跨水逾六丈，本身寬度也達二十三四尺，橋面不僅可行車馬，尚且有固定之攤販兜售食品。如此種切則只有從上向下看去。作畫之人及看圖之人同樣都要後退數十尺更上一層樓才能一目瞭然。因為觀點距橋已較遠，於是橋上人物遠近無大差別，都在身長一寸左右。

虹橋畫完，大千腳店在位，再有河中數艘船舶，畫幅已逾半。以後專畫街上情景，就容易著手多了。看來一切順利，只是剛過元宵，又發生一段周折。

張擇端的街景設計已經皇上認可，當中有一處十字街頭之茶店停有肩輿，內有貴婦不離肩輿，只由丫鬟供奉茶水，此場面已有底稿。忽一日張擇端奉有聖旨，這丫鬟由柔福帝姬扮充，亦即要照她的相貌畫入。徐承茵深不以為然。他回想當初各人曾說及朝廷提倡畫學說是要從格物致知做起，曾未有如此輕佻。這幅《清明上河圖》更是國家要典，換了主持人三人，也耽誤了兩年，又曾在題材上一而再，再而三的修正，實不能令之如是的將就。

他也知道柔福帝姬是今上的愛女，御筆臨唐人熨絹時她曾鑽在絹下，一時皇上興至把她也畫入圖中，當日她不過三四歲，曾被稱為一時佳話。可是那是燕居時消遣之作，今度作畫要注重國計民生，當中有極大的差別。況且當日蔡太師在政和年間根據詩經將各公主改稱帝姬時，即已掀動民間歪曲傳說，或稱「國家無主」，或稱「帝

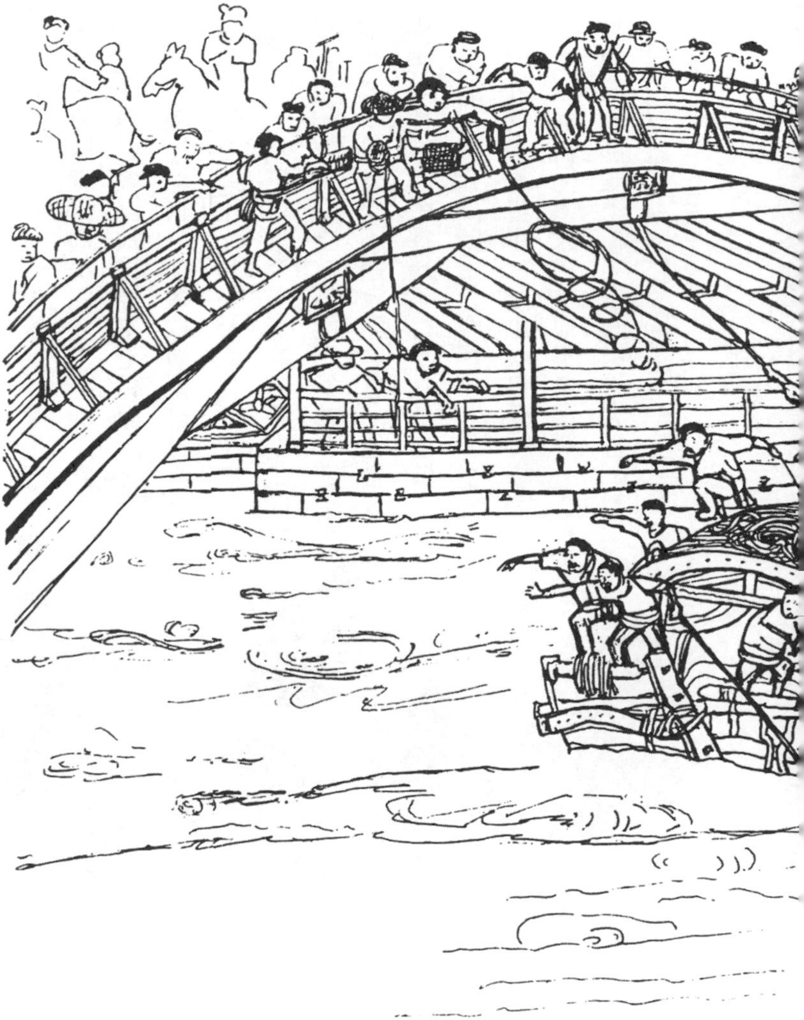

亦號飢」。今朝把她天潢華裔玉葉金枝畫作媵婢，更不度無知小民作何話說。

徐承茵不是一件老骨董。但是四年來他已學會體順輿情，實際就要向民間智力之低下處著手用心。至此他更覺得張翰林學士有緣近接天顏務必盡忠力諫。他也記起張擇端親自對自己說及：「怕什麼？」他不是曾鼓勵自己學著文官之彈劾文臣，武官之取對方上將首級嗎？有一日他對張說起：「學士，你能不能讓我在皇上之前陳情？」但是此不過激勸之意，他希望自己的滿腔熱忱促使張擇端不得不在御前慷慨直言，並沒有希望他陛下真的接見九品小員，數如恆河沙的畫掾書手，所以次日翰林學士告訴他今上召他自己入大內，他不免驚愕，而且他手指微顫，腳履不穩，自知口出大言，這時無法收回，到底禁不住衷心惶恐。

第九章

徐承茵初時自裝鎮靜。不過在檐子營小轎來前他已逐漸心平氣穩。本來對御前忠諫是他束髮受教以來的通經大義，今度有緣將學問之道身體力行又何須惶懼？想來想去他尚且深自暗笑，歷來只有大臣批人主之逆鱗獲罪，沒有芝麻小官建言挨懲的事例。即有也會青史流芳，那又何必逃避？況且本朝自太祖立有誓約不嚴責諍諫之臣以來，這信條為以後繼承之君所遵守。他更無庸恐懼。其實他沒有把握的：一為在御前失儀，一為在御前失言。這兩件事只要事前仔細檢點即不會發生。

他將衣冠再三檢點，確信了無差錯。至於行禮，則自杭州府保送應舉之日本來就經過一段教習。最重要的是目不旁視，心中沉著，步履要有節奏。像戲台上的穩重步伐即算「趨」。不到適當適中的地點不考慮慌忙下跪。以後的動作視情形而定。總而言之一舉一動都要乾脆俐落。如果不潦草馬虎遮蓋掩飾，即算行做得沒有全按程序，也仍算有分寸。否則縱是按部就班如儀，行走之中若夾帶著任何扭捏，也仍可能被檢舉或受斥責。

他又將四年以來入京赴考就學，及參與描畫皇都（不稱東京或汴京）景物之簡歷在胸中背誦了數次。當然免去了星變停學，在清江口無著落，及半途再去書藝局作校對等節。至於前任主持人劉凱堂及何敘則除非聖上垂問，他自己亦不道及。只稱在張翰林指導之下，半襄助半學習，對學士已有師生之誼。今番奏事之要點，則是此《清明上河圖》為皇上紹述之大事，與修史同。他膽敢越級狂瀆，總是怕張翰林學士因涉及他近身之事理須迴避，不得暢言，所以他代為稟奏。當然他知道皇上舔犢之情。但是此幅將傳於千代。既敘盛世民情，則不宜參入宮闈各節。所以他寧可在御前失敬，不敢對皇上不忠。雖說他曾在張擇端前主張應在御前據理力爭，自己此番卻有了一個適可而止的打算。只要小臣妄言能達天聽，就已算萬幸了。行與不行無可勉強，當然仍待宸斷。

但是皂子營的輦夫並未將他抬入宮中。只引進他至大內裡的一所官署，眼見大樹合抱。裡面也有數位官員及幾名傔從。院子裡面卻一片閒靜，也無人對徐承茵特別關注。一時他被一個傔從領進一間斗室之內，裡面方不盈丈，雖有楠木椅几，卻無其他陳設，看來也是一個候旨待命的場所。他問及傔從，才知道此是學士院之槐廳。承茵記得起來：槐廳為值班文學之臣隨時準備應詔草制之處。

他獨自一人至少也候了兩三刻時分，又幾度正襟危坐，將胸中對聖上召對的腹稿也不知道溫習多少次了，才有黃門一人進內向他說及：「杜公公即將駕到。」他也不知所述何人。又過了近一頓飯的時分才聽到門外有接駕的聲音，一堆人已簇擁到院子裡面去了。等到聲音平息，以前向他報信的小黃門再次傳語：「杜公公有請。」

至此他被領入側面廳房，廳內有瓷質炭缸燃熾得溫暖。眼見一個六十開外的老人坐在太歲椅上。他滿面皺紋卻無鬚髯。頭戴青紗頭巾，上綴有玳瑁，身穿一襲暖袍，初看似係黑色，其實則為深紫上有同色緊密團花。至此承茵胸中明白：此杜某必為宮中有名望之太監無疑，理應趨庭參拜。

至今猶有新來學子一意清高，以向閹人屈膝為恥，殊不知當今典重兵的童太尉貫，拜彰化軍節度使的楊太傅戩，和兼領各處職局稱為「隱相」的梁太尉師成也都是宦官。天下文武大員尚以能在他們面前屈一膝為榮。徐承茵也算是新來學子。幸虧他記著不正對上官三步之內不慌忙下跪各節。此時剛一猶疑，杜公公業已開口：「你來，你上來，免了常禮。」承茵於是鬆一口氣。他口稱「恭敬不如從命」，只輕輕作揖，微微彎腰，那杜某也只受禮而不還拜。他讓承茵植立在他面前，嘴裡卻已提及：

「萬歲爺爺有千金三十多位，只有這位最為驕縱。老身閱歷得事多，至此也不要多講了。」他說完咳嗽，站在旁邊的小黃門替他輕輕搥背。

那杜公公又繼續說下去：「你知道她叫萬歲爺爺什麼？她叫他『番番』。」說時他眼睛半開半閉，面帶笑容。再加解釋：「她小時候喚『父皇』說不上口，聽來有如『番番』。可是現在已是十六七歲的小娘子了，也還是稱皇上為『番番』。萬歲爺也只任她。咱們宮裡也只此一位。」

徐承茵至是明白：這位老太監原來為柔福帝姬開釋。他只好說，「是的。」一時發現自己兩手食指和中指正向大拇指搓捏，於是抑壓著將雙手在衣袖裡伸直展平。

老太監仍是自講自話：「她馬上就要來了。皇上爺爺只怕她這樣一位千金，笄禮也耽擱了未行，卻為了這畫圖一事，要見外……要見外臣。」說到這裡他已經咳嗽得一團。小黃門又替他搥背，及至痰氣漸平，才能緊接上文：「國朝也沒有這樣一個例子。萬歲爺爺也害怕有不妥的地方。最怕那監察官……那監察官尋到錯處，寫進箚子……寫進箚子裡去。」

徐承茵仍無別話可說，只得再度回說：「是的杜公公。」

杜老太監向著承茵問著，此時他眼睛頓然大開：「你是？」

承茵回話：「翰林院書畫局權充畫學諭徐承茵。」

太監仍有影像模糊的樣子，站在身旁的黃門向他大聲叫著：「徐畫學。」

「那你徐畫學呀？」老太監言歸正傳。「萬歲爺爺叫你不要向她行拜禮。沒有一個小娘子笄也不笄要人羅拜的道理。只說免了吧！」

聽到這裡徐承茵才恍然大悟。原來張擇端說皇上要他入宮，卻未曾提及君臣召對。現在真相大白，他應當見的乃是柔福帝姬。他一方面如釋重荷。那天顏咫尺的情形已不用記掛了。一方面更是好奇心動。只不知這老太監口中今上的千金，這位十六七歲的小娘子是何等景色。

杜太監尚有交代。他又說：「萬歲爺爺說，你叫她『殿下』就好了。如今公主也不稱公主；又喚作什麼『帝姬』，什麼『帝姬』的。老身入宮五十年，服侍列朝，也從沒有聽到過這段辦法……。」說到這裡他又似昏然欲睡。但正要入眠時又突然張眼：「帝姬不帝姬，她就是沒有封號。可是她到底是萬歲爺爺的千金。現在她們都是福字，都是福字輩。萬歲爺爺要你——要你。」說時又欲吞不吐。

旁邊的小黃門再提醒他：「徐學諭。」

「你徐學諭也不用拜了。萬歲爺爺要你稱她為『殿下』，你稱她為『殿下』好了。我即可向萬歲爺爺回稟，咱們一切按他萬歲爺爺吩咐。」

徐承茵也覺得可笑。因為帝姬及笄而未笄，沒有名分。召見外臣，事出創始，連皇上也不敢怠慢，才令身邊近臣，前來安排儀節。也不知草制的學士，是否將此事也記入國史之中。他聽著想著，倒把自己準備諍諫的一事置諸腦後了。他當場答覆：「公公放心，小臣一定如聖旨吩咐，不敢怠慢。」

黃門小監又為他搥背數次，他索性就此閉目養神。一時廳內三人好像墜入古井之中。只有爐中炭火，偶然發出短脆嗶啵之聲。

果然柔福帝姬不待久候，她按時駕臨。進門之前還聽及她吩咐迎接的值班學士及隨行宮女在外間等候，因為廳內有杜公公在。不時門開，杜老太監讓位，帝姬也不推辭，即席坐下。徐承茵注意著她必係步行而來，頭上戴有毛褐以避風塵，面上則特別的紅潤。隨侍的小太監已另推出一把椅子，讓老太監坐在帝姬之右後。柔福則脫下毛褐，只見頭上一片烏雲，無假髻長梳。

一切有如預行交代，她坐定之後才向徐承茵道及：「免禮。」承茵仍是作揖，微彎一腰，算是鞠躬，帝姬亦以右手抵胸，頭部稍稍向前，算是答禮。她突然注意承茵仍是站著，於是責問小監：「怎麼的哪？你不給徐畫學諭推出一把椅子？」承茵謝坐，至此他才算即席對談。杜老太監說柔福十六七歲，承茵看著似乎比所說尤尚年輕，臉上一幅爛漫不受拘束狀態。要不是大內召見，承茵甚可以將她視為自家小妹蘇青一般看待。可是她的舉止並沒有甩脫宮廷內的派頭，不僅黃門小監在她面前額外的俯首貼耳，連杜公公也好像一時甦醒，不再咳嗽，也不用搥背。

原來各公主不喚作帝姬之前她們的名號常帶有封國之成分，如「秦國大長公主」是。即為「德慶公主」和「永慶公主」也帶有宮殿的涵義，雖說設想之中的「德慶宮」和「永慶宮」並未實際興工建造。「柔福」無乃個人之美名。皇上要承茵稱她「殿下」，使她有封國和帶著宮殿的地位。其實她發號施令及宮女太監，又及於值班學士早已有此派頭。

承茵尚在想著，柔福已經啟口：「你們的畫稿我和番番都已看過了。徐畫學諭只有你畫的人物最為生動。張學士畫的也有情趣，到底太做作。至於你的同事那位范君畫的則只有一片呆板。」

徐承茵並不知道張擇端已將各人畫稿也一併送呈御覽，又早已分別各人名色。他知道自己所作畫最被賞識，免不得心頭驚喜，只是仍得謙遜。他立即回說：「既蒙皇上與殿下的錯愛，不勝感激。只是張翰林學士是我的先生，小臣不敢和他相比。只是拙筆有些放肆而已。」

他希望以「放肆」與帝姬所謂「生動」與「做作」互相印證。

帝姬並未注意此中小節，她開門見山的說：「我要你替我畫像。」說時露出臉上酒窩。

「小臣自當如命。只是指望此圖像不涉及《清明上河圖》。」

柔福已有微怒：「您不要總是『小臣』、『小臣』的！我們看重你，也是你筆下毫不做作，我要你也不在我面前裝傻。你早知道我要你把我畫入《清明上河圖》中去。那檐子前的丫鬟正是我要裝扮的角色。」

杜老太監在旁聽著好像預備參入對話。他將衣袖捲起，右手指為張出。只是承茵已在說著：「我已懇求張學士轉呈皇上，此婢女供奉茶水賤役，不當與金枝玉葉混淆在一起。」

「我的打算正要將它混淆一下，」她又淘氣的說，仍是堅持己見。

承茵本著初衷辭嚴面重的說：「畫這幅圖是聖上紹述之大事，小臣曾幾次三番奉旨，所寫為皇都景色，士庶生涯，將來傳之後代，世世勿替。所以再三懇求御前不要令之竄改將就……。」

柔福帝姬轉身向杜太監說著：「你看，他還是在背書給咱們聽。」杜太監趁此插入。他說：「徐畫學，聽我說的，連萬歲爺爺也說可以，那你也遷就一點好了。」

承茵已知事在必行，堅拒無益，只好找一個機緣下台。他說：「這聖上主意，在張學士建言之後仍是如此？」

柔福帝姬張開大眼。「難道我們還在矯傳聖旨？」她又對著太監說：「你看，不是我先說的，他們做臣下的，總有他們一段說法。他們總以為自己為皇上盡忠。其實個個自持主見。尤其是上爺子辯爭道理：一件小事可以辯去八道十道。所以我對番番說，讓我來和他當面講道理。」

杜太監雖隱忍著仍低聲咳嗽一次。他向承茵點頭，證實柔福所說非虛。

其實看到帝姬和老太監各節，徐承茵早已心折。尤以柔福說他自己畫圖畫得好，又在言辭之中承認他有諍諫之氣節，何況她真是十六七歲的小娘子，也確是玲瓏俐落。如果他先有和她爭辯的立場，至此也被說得無辭以對了。於是他低聲下氣的說：「要畫也要尋得一個好場所。我現在畫具未備，讓我構思一下，改日如何？」

帝姬開顏一笑。她說：「也沒有人要你一畫就畫，當場畫出。誰也知道，那樣子無法使情景自然。」她又計算著：「今日十八，明日十九，後日正月二十，你往我五姊家中去。」

「五姊家中？」承茵疑問。

「茂德帝姬宅。你也用不著記掛。他們仍會派檐子接你。」

她又嫣然一笑。老太監鬆一口氣之後開始微咳。那黃門小監在旁如泥塑木雕的站過不少時分，此際重新活動，他用拳輕輕的替老公公搥背。

第十章

宣和七年正月二十日，駙馬都尉宣和殿待制蔡鞗約定與濟王栩和駙馬都尉向子展，同往利澤門外球場練打馬球。同日宮中經過中侍大夫杜勳的安排，皂子營派檐輿接書畫局權充畫學諭徐承茵帶有紙筆畫具前往茂德帝姬宅畫像。柔福帝姬並沒有立時出現，承茵先由「五姊」接見。

這事去徐承茵在大內槐廳被杜勳與柔福說服將帝姬畫入《清明上河圖》的畫幅內不過二十多個時辰。但是承茵對各事前後已多了一番考慮。他當日回局，也無待詳細的解釋，張翰林學士對承茵為帝姬畫像全部贊同。並且絲毫沒有責備他當初口出大言，臨事不能貫徹初衷，不能保持畫卷專敘民情的宗旨各節。他仍是保持他那幅帶稚氣的笑容。想來同事范翰笙也無法探知他自己所作畫在大內被認為呆板，他對承茵也仍是保持常態。

翌日正月十九日，承茵告假，卻並未在家休憩。即乘驢車去國子監求見好友近陞直講的李功敏。原來那國學大多數學子為朝中七品以上官員功蔭子孫，於是監中也為各項消息謠傳匯集的淵藪。大概年輕人想望高於事實，愛發議論，也最是出言無忌。功敏只在課堂之後向幾位學子前誇說，鄉友徐承茵雖是畫學出身，而對《左傳》最有研究，已吸引人注意。當日午後他又選約了幾個好作議論的學子，與承茵同去南薰門裡的油餅店喫茶。功敏並毋須向各人面詢，他只提出《左傳》所敘鄭武姜、衛州吁都以家中瑣事化為政爭各節。立時與會之中的學子即有人說及漢唐之間亦然，再之更有人道及即當今大宋又何嘗不是如此。說到此處眾人議論無所不講，有如河決長堤。李功敏只在要處接引一二，將話題扭轉，即達到了探詢的目的。徐承茵從自己想要探詢的範圍內，又參對以前范翰笙對他提及各節，已能將其中種切收集成章。

當今天子雖不過四十多歲，卻已御宇二十五年，他實在已倦於國政。他之自命為道君，築青城，稱無為而治，都有此類趨向。只是他左右大臣都不讓他退位。因為他自稱「紹述先志」，寵用蔡京，已造成一種體系。一旦皇太子嗣位，為了表彰自己的作為，也免不得更改。可是一加更改則牽動全局，俗語說「一朝天子一朝臣」，不僅影響到各人目下名位，也甚可能關係到他們的生死成敗。以前的哲宗嗣神宗，由太皇太后秉政；高氏崩，哲宗親政；哲宗崩，今上即位，初擬大公至正，消釋朋黨，不期年又倡紹述，都經過如此一般的轉折，也都有宮妾宦官的參預左右。也都造成一種大變動。

今上既有內禪的打算，以前反對向外拓土，對內將鹽澤戶調一併增高的人眾則麕集在皇太子門下，以期作次一步的打算。當然他們內中也免不了各人的私心異志。因之與他們對立的也造成壁壘。他們所推擁的則為皇三子鄆王楷。甚至有人說鄆王受「隱相」梁太尉師成的支持有「奪宗」之議。皇太子不滿於新法，皇三子支持新法，照道理講鄆王應與蔡太師童太尉等人一氣相連，而其實又不然。即蔡家父子兄弟，童貫麾下將帥叔侄也仍在內部造成派別，各自貌合神離。因之局勢更複雜了。

況且今上的子女又多，據說有子三十一人女三十三人。即除了幼年殤亡的外，至今稱王的至少還有二十五人，稱帝姬的也有二十多位。內中最有名望的除皇太子外，無逾鄆王，他不僅在政和八年廷策進士時唱名第一，又帶銜實授經任各處各地十來個名稱的節度使，允稱文武全才。往歲提議北伐時他尚有任元帥的風聲；只有些重臣認為鄆王的聲望過高可能威壓社稷而作罷。現今鄆王任皇城提舉司使，可以不待詔諭出入禁中。

皇上所最寵愛的女兒則「五姊」茂德帝姬，下嫁於蔡京之子蔡鞗。據說今上築萬壽山時已自閶闔門開設複道，直通茂德帝姬宅。那宣和殿待制蔡鞗，好像是一個不預聞朝政的駙馬，平日只喜歡賽馬打球。只是皇上曾微服七幸蔡宅。一般人尚以為是興國寺橋畔的太師府，其實則為茂德帝姬宅。是以那蔡鞗也不可能對朝政全無影響。再有一個膝下承歡的則為徐承茵昨日見過，稱皇上為「番番」的柔福帝姬。

本來柔福與鄆王同母所生。他們的母親王貴妃最承恩幸。一共生過三男五女。不幸她本身已於政和年間去世。那鄆王既有名望即更準備以親生姊妹在外圍造為應援。於今宮中挑選駙馬都要經過中書省禮房右諫議大夫和太常寺卿經手，實際上鄆王楷的認可更為重要。只是親生妹子柔福排行二十，宮中暱稱「念妹」的偏不合作。她年逾十六，早已及笄而未笄，既未笄也不能言婚嫁。她既如此在她下面的諸帝姬也不能越次議婚。所以杜老太監動稱她最被萬歲爺爺驕縱。

她和自家兄長不睦，卻與「五姊」茂德接近。說來也令人難得相信。茂德帝姬承今人垂恩，卻為崔妃所生。那崔妃在生前在御前侍奉無狀，被廢為庶人，也許她身後皇上追悔，而特別對「五姊」見愛。因此茂德與柔福，「五姊」與「念妹」親密逾常，並非完全沒有道理。此間多少曲折，不將各方消息匯合，不能歸納其梗概。對徐承茵講，不預先聞問，逕往五姊家中為念妹畫像，也可能從中產生周折而不自知。至此才領會有好友提引的佳妙處。

他見得茂德帝姬，卻不見提及蔡鞗似乎於禮不合。於是問她：「我不知能有幸親向駙馬爺爺請安嗎？」

她站了起來說著：「他呀？」面上微帶慍色，「一早就和濟王去打馬球去了。午後還要往王府暖閣沐浴飲茶，傍晚尚要飲酒聽大鼓，再加一場夜宴，等到回家時也免不了醺然大醉，只有倒頭就睡了。」

對承茵講，這也是一種新經驗，他想不到身為帝姬，也和閨中怨婦的情形一般無二。他記著李功敏曾說及，茂德下嫁蔡鞗時，蔡太師曾請新婦免行拜見舅姑之禮，奉聖上御批不准，此事已成為本朝佳話，寫入國史。其實蔡京的辦法也仍是「欲取姑與」。他既知本朝以孝悌治下天，那天子即沒有為著茂德是掌上明珠不令她拜見舅姑之理，所以御筆只能批著所請不准。倒只因為這一批，傳聞中外，那太師更是名正言順以家規對待媳婦；而且駙馬爺爺也用不著顧慮所尚者為帝姬，即以一般丈夫對待妻子的辦法加諸茂德身上了。

面對這情形，徐承茵也無法置釋。他只發覺自家的兩手又在衣袖裡，以食指和中指與大拇指搓捏。

茂德已經坐下。承茵凝望她的面貌有似如柔福的一般姣好，只是身軀豐滿，有少婦模樣。本來帝王之妃嬪都經過多方挑選，每代如此。母親既如是，所生公主縱不是每個都是沉魚落雁、閉月羞花，卻很難得不容顏出眾了。此刻茂德帶著與柔福約略相似的笑容。她說：「聽說前天你和念妹頂嘴。」

承茵慌忙說：「我怎麼會和帝姬頂嘴！我只覺得她殿下沒有屈尊降貴的必要。所以盡著本分，向她殿下規勸一二，行與不行，不是小——。」至此他方記著柔福不樂意他自稱「小臣」。看來茂德更是雍容大方，他不當對當前儀禮過度認真。因此稍一猶疑，即為之語塞。

幸虧茂德帝姬並未留意。她說：「其實和她頂一頂嘴，也是好事。」接著又說：「念妹總是愛贏。其實輸贏無所謂，其要處在贏得有理。」

遇上了這樣的啟示，徐承茵免不了將前日之事再度提及。他說：「這就是我不能理解的。她殿下為什麼一定要紆尊降貴的裝扮一個丫鬟。」

茂德收斂了面上的笑容。她的眼睛盯在承茵面上說著：「她不是你所說的一意紆尊降貴，她要保全她自己。」看著承茵仍是面帶懷疑之色，她再加解釋，內中有些情節他已在國子監聽到，可是也有全未聞及的。

總之自今上即位以來，天潢雍濟。朝中已有主張應當未雨綢繆，此為百年大計。不僅皇子皇孫應受約束，即宮媛帝眷也當慎重處理。稱公主為帝姬，亦為此中策畫之一。唐時之安樂公主與太平公主當初都任之開府設官後為朝廷之累。這說法言之成理，殊不知其結果則適得其反。自此皇親重臣都以操縱帝裔的婚嫁為事。那曹家既有了三位駙馬，向家也要同等待遇，於今又逢上了田家與蔡家。鄆王自稱公允平正，卻只顧及他本身利害，不想到自家姊妹終身的休戚。所以帝姬下嫁最開爭奪之門。「何不將我輩標價當作奴婢出賣？」她向承茵直率的問。

難道聖上不加干預？茂德帝姬又是張大著眼睛反問承茵。「你知不知道當初創國之初，昭憲杜太后即向太祖提及『為君難』嗎？」國初如此，今日更難。

其實並沒有難到這種程度，承茵想著，只是天子的御妻太多。迄今大內還不時收選臣下幼女為侍御，剛有名分的姬妾則為才人、美人，以上則有婉儀、婉容、修容、昭儀、婕妤，當中有些已有一品官階，還要親舊加恩。再上一層才輪得賢妃、德妃、和貴妃。只要對付這批女人已足使聖躬躑躅了。況且今上寵鄭貴妃，鄭居中即知樞密院事。因他一人，就產生了許多的糾葛。那朝中公私上下左右的是非，又如何能由皇上隻眼獨斷？徐承茵也知道近日不少的御批御筆即出自臣下之手。童貫在外已不領制而獨自草詔。梁師成尚且令手下數員書吏專仿傚聖上的筆跡，他們所作「御批」，雖朝中人莫辨真偽。只是各事假手於人，當中細節也只好由他們作主。國事如此，宮闈亦然。承茵深知即宸斷對各事無法全部掌握。若不如此他也不會令中侍大夫杜勳叫他對柔福帝姬特別的關注了。

可是此際茂德與承茵彼此都知其然而不知其所以然的，則是女子的地位，已正走向下坡。先從皇室說起：國初自杜太后強令太祖傳位於太宗，立弟不立子以來，母后因立嗣而參政，實為大宋傳國之特色。不料哲宗以沖年踐祚，太皇太后垂簾聽政，功成身故，事歷三朝，只因近日黨爭，臣下猶敢追罪於她，請追廢她為庶人。哲宗身後劉皇后雖加銜為太后，最後被逼自盡，此皆千古未有之事。再說國家之下層：民間生有女子，則隨其姿質，教以藝業，備士大夫採拾娛侍，以後皇都汴京妓館林立。最近則纏足之風氣逼近上下。

「她要大家知道的，」茂德以五姊的身分為念妹表明心跡，「她庸可為丫鬟女使，一則不願纏足，二則不能為他人的利祿而擇婿就婚。」

她殿下是否可以用其他方法宣布，而避免在《清明上河圖》中畫像，才搬出此間曲折呢？

茂德又以眼光逼著承茵說：「還有什麼其他的方法？」

徐承茵一想，她說的也是，只是別無他法。本來今上即位以來邵洵武為起居郎，他要皇上行新法，苦勸無效，最後只畫了一幅《愛莫助之圖》，倒因此激勸而生效了。現今凡事屬儀節總是奉批「禮制局將古今沿革繪圖來看」，可見得繪畫仍是傳布消息左右輿情的最好工具。這《清明上河圖》畫成只預備留置宮中供御覽，但是其內容早已傳遍遐邇。今度柔福以帝姬的身分在圖中扮飾女使，既經皇上派重要的內臣在學士院槐廳講出，將來也不待張揚必會流傳中外。看來他徐承茵自己不僅要把帝姬的玉顏畫入，還要把柔福堅持要參入的用意根據茂德所說廣為傳播。這事倒也不甚難。他除了向翰林學士張擇端覆命和同事范翰笙說及之外，還有李功敏與國子監的好門道。只是不知道今天宣和七年正月二十日他徐承茵的一場遭遇——他只是毫無主見的被捲入——後人會認為他之所作所為是忠是奸就無法臆度了。想到這裡他又以兩手在衣袖子裡面搓捏。

柔福帝姬進入五姊的客廳立時甩脫了毛褐斗篷，一身全是使女裝飾，上身寬領緊袖，下面長褲平鞋。她將自己帶來的侍婢推出室外，口裡連說：「這裡由我侍候，大姊可到內房內休憩。」那宮婢將斗篷在地上撿起，拂去了上面灰塵，即遵命退出。茂德帝姬還向她的念妹問著：「外面冷嗎？」柔福已先向徐承茵彎腰，帶笑唱出：「學諭大人萬福。」

承茵慌忙還禮，可是胸中也鬆了一口氣。看來他用不著再像在大內槐廳內的緊張，也無須再檢討帝姬與丫鬟的身分地位，這些爭執已是過來之事。他將身邊帶來的小箱子打開，取出三張畫稿。這時候他已經對著柔福面上瞟過一眼，他知道她面龐橫寬，頰上有酒窩，並非出奇的豔麗，只是光彩奪目，這時候風趣橫生，更顯得玲瓏嬌小。承茵思量著他以下還有機緣對她仔細端詳。刻下的要緊處應注意對五姊茂德帝姬解釋——因為她還沒有見過他的畫稿。只是不論如何，她們姊妹二人，一個是濃妝貴婦，一個是權算樸實無華的少女，卻又彼此面如凝脂，滿體芬馥。徐承茵知道，他務必聚精費神對畫稿詳細分析，若不如此，即很難自持。

張擇端設計《清明上河圖》時凡平行街道謹守「三道屏風」之祕訣。遇到十字街頭，卻將「之」字反寫。當中橫行的街道，仍用「一」字橫掃過去。近邊直街則以

四十五度的角度向右插入；遠處直街約以六十度的角度向左延伸。說到這幅十字街頭時，承茵特別講明他並非完全實際景象，而是好幾張寫真拼成。不久之前才將盲人賣藥與梓人當街修車湊成上幅，仍以竹篾涼篷構成五角形，以保持畫幅之緊密。下幅則用「征人遠行」為題，也利用兩家茶食店作背景，他們不掛「川」字旗，當然不能賣酒。兩座太平車，一座用黃牛拖拉，業已蠕蠕欲行，一部則停放街頭，尚待牽出挽獸套軛。至此徐承茵解釋《清明上河圖》之風格不忽視平民生活之細膩處，例如當前的茶食店有傀儡戲台，也正有人說諢話，門前即有小二飲馬，挑販捻足。左邊的茶食店內有小兒偷食果餌，飲客反手取壺。他又說明太平車以每日只行三十里而得名。這部車子業已在道，臨時仍有遺忘之包袱一件，要從車後柵門上遞入。而且車下尚有一人，檢驗得軛套不如法，喚起趕車人注意。這種種情形，無日不有。不過在通常狀態，旁觀者不及處處留神而已。

於是言歸正傳：這十字街心最引人注意之事須只有兩處：一處有五個人物議商一匹三尺毛驢是否能同時既載人又載貨，如何安排。另一處則有貴婦在檐子內休憩，檐窗緊閉，有侍女供奉茶水。「這兩幅情景確定是完全據實寫出，」徐承茵很沉重的道出，「我雖不敢說是不出毫厘，最低限度已盡力之所及。我們唯一修訂的地方，是把原來側面街道所見盤出擺在十字街頭。」

柔福抗議說：「不對，你沒有把我畫進去，所以現在還得重畫。」

茂德帝姬指斥她的小妹：「你這淘氣的小妮子！我剛說了半天，才讓徐學諭徹底瞭解你要將自己畫入圖內的緣故。你現在又來打砸！」

念妹柔福仍是滿臉嬉笑。她說：「你倒用不著為他著慮。這位徐先生嗎，前天也和我頂過一場嘴。可是我一看，他這個人的心腸倒是挺好的。」

承茵未曾聽及旁人如是當面品評自己，這時出自帝姬之口，不免驚愕。他還想詢問她殿下據何憑藉，有此等判斷，那柔福又在說著：「徐承茵，你想知道我如何看透你的為人，是不是？只要你不惦著我殿上殿下的，我倒可以老實告訴你。五姊也不是外人，這裡是她的私人住宅。」

這一切全部出諸意料之外。徐承茵到處打聽皇室內情，現在真是與天潢玉葉促膝相對，卻沒有一點一處與他所聞所聽兩相符合。況且前天皇上還差重臣叫他稱帝姬為「殿下」，現在目前的帝姬則不願認要此等稱呼。他還不知道如何接著做下文，那淘氣的小妮子又在開懷暢論。她說：「第一，你有好幾張畫稿，都現著慈悲為懷有替人打抱不平的氣慨，看來不像做作。第二，你的眼光良善，最低限度與三哥帶來那批人有天淵之別。第三——」說及此處，她眼光低垂望著承茵的衣袖。

「那第三呢？」徐承茵催問著。

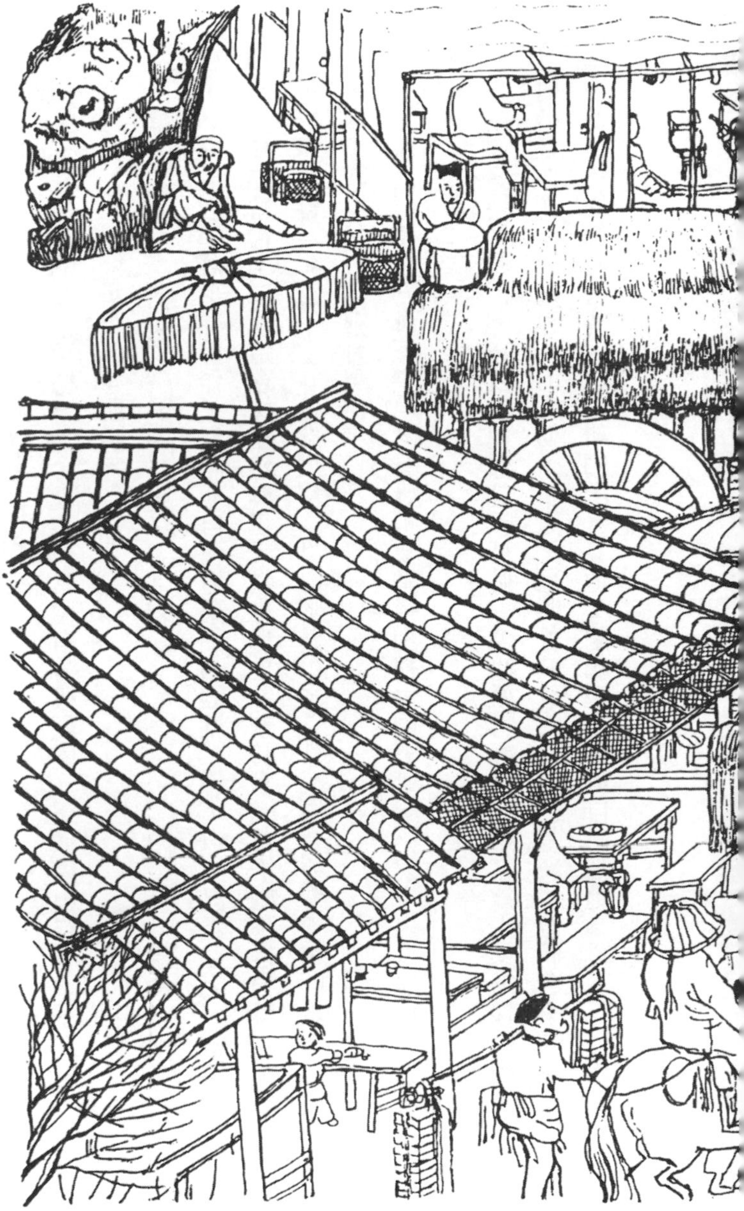

「第三，在於你的雙手。你即是和人爭辯時，心中一有猶疑，就讓兩手在袖籠中打轉。」

「我還不知道竟有這般的明顯，」徐承茵把雙袖展開，望著自己的兩手，又毫無禁忌的問著。「不過這與心腸好壞有何相干？」

「你在爭論的時候稍微猶豫，就表現當中有一段顧慮。這顧慮出自『君子之道，不為已甚』，亦即是『忠恕而已矣』。」

承茵站起來一鞠躬，口裡喃喃的唸著「多承謬獎」。一來他心中確有如此的感覺，一來他也學著柔福扮作丫鬟向他自己道萬福的輕鬆狀態，口內已是帶笑。還是茂德在旁補加解釋：「我這念妹雖然淘氣，倒也真是熟讀詩書。可惜她不是男身，不然大可以與三哥一較身手。其實她比三哥所讀書還多。凡是御書房的書籍即是筆記小說，很少的沒有不經她看過。」

她說的三哥無乃鄆王楷。還有她提及御書房裡也擺著筆記小說，也是他沒有想得到的。

茂德又接著說：「在我家裡你就喊著她『念小姐』好了。她喜歡人家這樣呼她。其實各樣頭銜，與被喊叫的人何干？還不是叫著喊著的人要忙著表示他們自家的身分地位？」這對徐承茵講，也是新的啟示。他又記起皇上要他自己稱她為殿下，乃是要避免監察官之糾舉。

於是各事齊備，畫像開始。原來《清明上河圖》初擬收羅各色人物四百。現下看來必將超過五百而有餘。起先的宗旨那四百多來個人的面目姿態務必每個不同，所以個個都擬根據街頭寫實畫出，刻下雖未必全是如此，只是幅中顯要角色，也還是據標本存真。柔福要替代的丫鬟也在畫中算是重要角色。她手執碗盞，兩目低垂，都是面對街心站立。原稿確有其人，由徐承茵據實寫出。現今柔福取而代之，她只將髮髻放鬆，承茵畫時畫作披肩短髮而已。

可是畫來畫去，畫得總是不如意。他一來改稿也二十多來幅了，要不是相貌根本不像柔福，則是缺乏她那樣意態自然的神情。他越想更正自己，只有畫得更糟。他深怕自己的畫筆禁不得起考驗；更怕柔福以為他有意作對，存心畫得不像。懷疑一生更只畫得力不從心了。現今雖是正月時分，他已經覺得面上燙熱，一會子又覺得脊背冰涼。茂德帝姬看及他的為難，於是說：「我不在旁盯著看了，讓徐學諭專心畫。」一她退出客廳，但是承茵的筆並未因之增進。此時他深恨自己，因為他曾未遇及或想像到此時這番的為難之處。

一會已是午牌時分，茂德入室，提議吃過午餐再畫，承茵從命，他以侍婢遞上的熱巾擦過手臉，隨著兩位帝姬步入餐室。只因為他心頭記掛，也沒有想及與兩位公主對坐吃飯的千載奇遇，更未留心下飯的醬浸鵝掌與黃油菜心。只有柔福帝姬通常口舌鋒利，始終對他畫像不靈未作一辭，但是這不能給他任何慰藉。

在飯座上茂德帝姬又問及徐承茵是否已結婚訂婚，他答稱均未。這時候面上的紅暈，也算適合了眼前情景。她們又都知道他來自杭州府，不免在話題之中提及江南景色。聽她們兩位講來即是當今天子也是心嚮往焉。承茵巴不得暫時擱置這畫像一事，即隨著參和的問入：「連聖上也喜歡南方的景色嗎？」

柔福立即回答：「要不然他何以築萬壽山，鑿大方沼？他所不如意的即是不能把一座開封府改造為四明山水。」

承茵隨著應景的問去：「那為什麼不御駕南巡一次呢？還是顧及百官諍諫，因為他們只在說應以宗廟社稷為重？」

這次由茂德帝姬答覆：「這是原因之一，可是還有另外一重阻礙。」說完她和柔福帝姬相視而笑。

看到承茵不知究竟，柔福又加註解，她簡脆的道出：「六宮粉黛。」

接著更有茂德的詮釋：「她們也和你們的百官一樣，總是個個都不願自己吃虧。你的地位陞高即是我的降低。到頭還是一動不如一靜。」

至此承茵明白：一旦南行勢必部署隨行的與鎮守的人眾，宮中府中沒有基本之差別，隨著編排名目，免不得你多我寡。爭端一開各人也不據理力爭，而是假辭藉托。尚可能在提議之前已吵嚷得不堪入耳。

飯後茂德帝姬說：「我回房躺一陣子，讓你們年輕人完成你們的畫像吧！徐學諭，失陪了。」

承茵與柔福回至客廳。他急忙整備紙筆，準備再畫。她輕聲的說：「停一會。」

「還候什麼呢？」

柔福也像五姊茂德，這時候只是張著眼睛反問他：「你知道你為什麼畫得不好？你畫人物，卻還沒有查看得明白應該畫出的是何許人。本來也難怪你：又是公主，又稱帝姬，再謂殿下。現在再加以丫鬟女使的名分。這就使你搞不清了。你也不知道就原稿修正好，還是照目下人物臨畫好，要是這樣你就再畫十天半個月，也依舊畫不好。」

她這一場現身說法使承茵恍然大悟。他像釋門禪宗一樣，此時疑慮全失，門徑大開，心中想著她真不失為一個秀外慧中的女子，他只要循著這想法畫下去，不較其他，一定有事半功倍之效。所以對於時間，他用不著多顧慮。於是將畫筆擱下，率性坐下與她暢談：

「念小姐，你說得對。我要把你的像畫得好，先要瞭解你，請先告訴我，宮中的家庭生活如何？」

「連個人生活都說不上，又如何談及家庭生活？」

「那你不能說完全沒有。即使不能令你滿意，你也可以說不滿意的在什麼地方。」

「那宮裡無非畫棟雕梁，丹墀吻獸，你即不親自看見，也可以想像而知，裡面后妃和子女像我們一樣所住的地方都謂之閣。這樣閣也各有曼妙的名字，比如稱為抱雲、春錦、麗玉、鈆英等等。可是只有名字響亮，裡面所住的全是互相猜忌互相嫉妒的女人。再不然就是到處奉迎的宦官，和供人差遣的宮女。不是白香山說的，『蓬萊宮中明月長』嗎？」

「那麼皇上呢？」

「番番倒是一個例外。只是你們外面人都對他不瞭解。你們總以為所有軍國大計全由他作主，其實他一個人如何能處處顧慮得周詳？他也還不是登場應卯，退朝設法找些事物自娛罷了。這樣又與百官有何差別？至於自稱為『朕』，叫臣下為『卿』，你在戲台上已經看到聽到。番番常說，他貴為天子，還是沒有在做端王時候的快樂。他稍作分外之事即有臣下上箚子諍諫。只有一點倒是真的，他在一堆女人面前包圍得動彈不得。」

「念小姐生長深宮，是受乳婢和識字的內臣教養長大，是不是？」

「是，但是也有有學問的才人妃子，她們也教我們一些。」

「只是他們所教，都不出一般規範，為什麼你念小姐對世事的看法，獨具隻眼呢？」

「也不是什麼獨具隻眼。五姊說得對，我倒是喜歡看書，十七史之外就喜歡翻閱稗官小說，什麼綠窗新語，甚至煙雨傳奇……。這樣才知道立身處世做人，各人宗旨不同，當中又何止萬別千差？柳耆卿不是就自稱『柳永無心富貴』嗎？」

徐承茵至此吃驚。這小妮子，這秀外慧中的女郎，連柳耆卿的生涯也能信口道出。他只得扭轉問題，接著的是：「念小姐最喜歡的詩人是誰？」

柔福不待思索的回答：「白香山。」她也回頭問承茵：「你是不是也喜歡他？」

他沒有直接回答，卻乘興朗吟：「間關鶯語花底滑，幽咽泉流水下灘。」接著又加解釋：「我們南方人不讀『見關』，而讀如『瞰關』。這更顯得白詩的音節鏗鏘，就只這十四個字，也使人不僅見到詩中所敘，還聽到背景上的聲音。」

柔福同意，她再添入：「而且也令人聞到詩中清爽的味道。」

他乘興站起來，朝著她那芳馥之氣深呼吸，她解情的微笑。他已是心神盪漾，趕緊及時收斂自己，因為再要放縱，必會耽誤畫像了。

他提畫筆，自此隨興所至無往不利，筆下之帝姬，注視有神，唇吻微張，面頰渾圓，雙手柔軟。柔福雖不是國色天姿，只是一團俐落明快，惹人注視引人愛慕的形像已躍然出現紙上。她自己過來看著也點頭認可。

他將畫具收入箱內，一面說著：「當張翰林學士將你畫入正本時，我希望你讓他畫著全副宮裝。本來你的意思無非縱是貴為公主帝姬，若不得自己作主，寧為走卒健僕，那你為什麼不長裙飄帶的在畫面上道出，卻要以這女使的裝束令人揣測？」

「你說的也是，」柔福沉吟之後說：「你就這樣告訴學士好了。」

他沒有話可說，至此也只好道謝告辭。心中一想自此門牆阻隔後會無期不免望著她心頭悵惘。

柔福對他說：「怎麼的哪，你在想什麼？」

他已經再三壓抑自己，只是禁不起最後一問，她之一問，在轉瞬之間把他問成一隻脫韁之馬。他拋棄了所有畫具，兩手合圍放在她肩背上向著她狂吻過去，他胸中激跳，也不知受到白香山或柳耆卿的主使，也不知是帝姬扮作丫鬟還是女使冒稱公主，更顧不得殿上或殿下。此時此刻唯有徐承茵與趙柔福是實是真。當前一股熱流奔放全身，使他兩眼朦朧手指微顫。他的嘴唇與她的剛一接觸，則更是乾坤顛倒，真假難分，只是此情此景至為短暫，他剛一忘懷，即聽見門響，有人步入室內。尤其柔福用手將他推開，他記得分明。她的手抿攬著耳邊短髮，一面說著：「徐承茵，我以為你與一般男子不同，現在看來仍是一模一樣！」

進來的卻是真的丫鬟宮婢，尚且使徐承茵百思不得其解的則是當初柔福並未接受他的擁抱，而且兩手推拒，當宮女替她披上毛褐時她嘴邊卻又湧現著一種似無實有的微笑。不過無論如何，她此時未有任何表示，則從此宮深似海後會無期，已不待研究了。所以他向張擇端覆命時，只說及帝姬在《清明上河圖》畫面出現時，可畫全幅宮裝，他自己則感到頭痛，亟望回家休憩。

三日之後，張擇端告訴他畫卷到此已無問題，他當獨自完成，徐承茵可返杭州府原籍省親休假，他打發了承茵，卻對另一助手范翰笙並無其他差派，徐承茵想來，他至此也是不由自主，不得不去。

第十一章

當徐承茵在東水門外覓船南還的時候，他甚有鎩羽而歸的感覺。他原想在運糧回空的船艙板上搭地鋪，只是在茶館裡遇見了這位白慶文，聽他的口音應來自江州一帶。他向承茵瞟了一眼，已立了心計。再聽到承茵打發扛行李的陳進忠回翰林院，就上前自我介紹互通名姓。接著又提議：「小弟已在前面那艘貨船上包了一間房艙，裡面還有空牀一席。仁兄如不見外，就搬了進去，免得我倆都彼此單身寂寞如何？」

承茵還在推拒，那白慶文帶笑的說：「如果徐兄一定要劃分界限的話，那也不難處置。你就在回空糧船的艙板上搭地鋪，也少不得要付他千把兩千文。即算小弟是個市儈，權切收下了老兄一千文，則彼此都不虧欠，也不傷廉，豈不比讓著一張牀空著的好？」

原來徐承茵被張擇端翰林學士催著離京，已經是六神無主，他既不知自己犯了何種過失，也不知道三個月後，可否銷假復職，正感到一身孤單，經過這白君延攬，也就隨著他說的，讓船夫將自己的鋪蓋搬進那房艙，與他為鄰作南行的夥伴了。一路上白也盡力奉承，每到人煙稠密的市鎮船泊河濱之際即強邀著承茵登岸大魚大肉的吃喝一頓。承茵既已入其圈套，也再無法擺脫。

到第三天，承茵才將這白慶文的背景打聽得明白。原來他也在童太尉軍中任軍需之職，大概是指揮都頭之類的親戚家人。他除了自身行李之外，還帶著駱駝毛三大捆，堆積在貨艙之中。承茵聽說過駱駝毛可以織為毛絨，多為小兒冬季鞋帽上所用，最為南方富裕人家視為珍品。可是一般都在北地織造，並無將駝毛用作原料南運的辦法，可見此中尚有蹊蹺。況且他又帶著一個隨身健僕，也像軍士模樣，對這包捆寸步不離，吃喝也都在艙中，使人懷疑毛絨之中尚夾帶著金銀等貴重物品。

果然船到宿縣和泗州，兩處商稅務的巡檢登船查驗。白慶文不待來人張口，即先開說：「我們都是翰林院來的，此是徐學諭，我是他的隨行夥伴。」巡檢看過承茵的通行單，又瞅著白慶文一眼，也就算是盡到查驗的職責了。只有泗州巡檢又對包捆踢了一腳，表示認真驗明此中無他。至此承茵瞭解：如果官方一定堅持付稅，白是準備付的，貨值一千抽稅二十文，沒有什麼了不得的。他所害怕乃是包捆之中夾帶私物，萬一查出，三分之一入官，說不定還要查問夾帶品目的由來，追究物主，那就會影響到後台老闆付給他的使命了。

只是經過白慶文一開口，將翰林院的名義一提，那些巡檢也就讓駝毛算作各人自用物品，總算為數不多，連應付商稅也再一句不提。

誰也知道翰林院有職無權，只是衙中官員待命於中樞，交遊廣泛，常有職權以外的聲勢。如果得罪了他們，可以影響到層峰，因之商稅務的人員不得不謹慎行事。這些情節，徐承茵並非全然不知。他原來也打算在回南的時候帶一點物品牟利。開封府是一個消費市場，本身缺乏推銷各地的物品，即是可以在南方獲利的轉口貨品如棗子內黃等，也因為佔得體積大，回空糧船又帶得多，局外人甚難加入競爭。只是身為士子又另有門徑。

過去一年多徐承茵曾不時考慮到南歸休假，對他最有利的貨物，無過書籍。他曾私自籌畫：以他三數年的積蓄，應可由李功敏出面買到國子監印出的九經十七史一套。即算價款稍有不敷，好友李功敏也可理應知情墊借。有了這一套書，仔細用油紙包捆，所佔體積，也不出兩副肩挑模樣；自己隨行，沿途上也不可能有意外的風險。至於各處關卡，無庸顧慮。經史典籍為士子必須，當然屬於自用，從來沒有一個官員帶書回家而要付稅的道理。可是這珍本的經史，一至江南就可以漫天要價了。富庶而愛裝門面的人家可能登門搶買，出價兩倍半到三倍之間是為通常事。如此他回家孝敬父母，對鄰里親戚的餽贈都可以在書價內解決。

只是今日這場心計全部落空。首先即有李功敏的藉辭推託，想來也是他的鄙吝。他害怕承茵不能將書價付清，自己則不願墊借。次之他自己行期倉促。張擇端第一天勸他休假，第二天逼他休假，第三天質問他為什麼還沒有成行。好像他自己犯下了彌天大罪，不得不遠走高飛，才能逃過了是非的。張翰林既然從來沒有對他如此的嚴峻，此中必有原故，他不便質問。因之只得倉皇上路，狼狽成行，於今倒為他人的護身符，替人夾帶走私。

他始終無法忘懷的，當然仍是柔福帝姬，自從那天他從蔡駙馬家裡出來之後就深悔自己孟浪，冒犯天潢帝裔。如果認真追究，他甚可以被挨上一個粉身碎骨的罪名。可是反面說來，他既未明正言順的定罪，可見得柔福並未出面控告他的不敬。他和她見面雖只兩次，他在她方寸之中，必定已留下深刻的印象。比如她凝望著他的時候，彷然若有所思，嘴唇微張，隨即又向下注視，好像胸中仍有來去的漣漪，連臉上酒窩也若隱若現，這不可能是毫無情誼的表現。她不顧帝姬的身分，逕稱他徐承茵，又隨即道出他的心地與為人。談及白居易詩中曼妙處，兩人更是心心相印。她更把自己的生活與志趣，坦白的為他道出，要他忘記公主帝姬、丫鬟使女的區別，只在作畫時將她趙柔福明快俐落的真性格寫在紙上，當她看過畫像點頭認可的剎那，那衷心歡悅的表情，使他胸懷中好像有經過熨貼般的舒服與快慰。

難道這樣的邂逅還不算人生奇遇？她生長深宮成日與怨女妒婦為鄰，見著他時卻毫無忌顧的稱讚他心地良善，她裝著使女的身分，彎腰向他道萬福，幾近挑逗。她尚且看過不少的小說傳奇，所以不論她是十六或十七歲，及笄或未笄，總算情竇已開。那麼為什麼他向她接吻過去，她卻用力推拒？她指斥他的粗魯無禮，卻又在說後帶笑容？他冒上這樣的大險，可見得情出至誠，她何以不再告別，讓他離去？

人家都說女孩兒的性情不可捉摸，至此徐承茵不能在造次之餘，再作妄念。他離開茂德帝姬宅後，被催著南行，除了一肩鋪蓋之外了無長物。還不知到杭州府後如何向親戚家人關說。想到人家駙馬帶左衛將軍銜職，也個個是公卿宰相執事的子弟，他自己則只是一個無名小官，況且家貧如洗，連父親尚供黃門宦官使喚，不免自慚形穢。因之只有咬緊牙關，把過去這一場遭遇，當作夢寐罷了。

可是再一想到柔福一心想保全自己的獨立人格，不願為人作嫁，只是宮深似海，到頭恐怕也仍和五姊茂德一樣，免不得與紈袴子弟聯姻，夫婿則成日飲酒打球，她則滿身綺羅，只是空閨寂寞，他徐承茵則有如身處異域，愛莫能助，又禁不住心頭刺疼。

往來南北的船隻，不是全沒有風險。只是承茵聽說過以前失事的多是北行滿載糧船，為著急於趕日程，才多傾覆。其實過江時舟子多利用島嶼汊灣，高郵湖的東側也鑿有新河，都可避險。惟獨洪澤湖內百多里的水面無所倚托。偏逢那晚上舟子貪著颳來的西北風，張帆月夜疾行。那白慶文在牀上酣聲大作，徐承茵卻輾轉不得成眠。他披上了棉袍，戴上圍巾，一個人靜悄悄的坐在船舷的一堆繩索之上。從船尾向西望去，月華如練，隨著波濤閃爍。船首起伏於水面，每一上下發出衝擊的節奏。他也知道，經過每一拍節自己去皇都愈遠，與意中人更是關山阻絕。他卻隨著這艘船去家鄉杭州府愈近，他離家逾四載，身外無長物，家人親戚還希望他衣錦榮歸，他想來愈感情怯。也顧不得外面的風寒，他忖來想去，此時若果覆舟滅頂，也沒有什麼可惜的，倒免掉了一身煩惱。

他在船舷待得久了，免不了回艙房，在牀上輾轉反側睡不著覺，又再度往外吹風，也不知來去多少次了。須臾天已微明。船過蔣埠，正值旭日東升，舟子上岸往附近水神廟燃香點燭謝神。白慶文緩緩起身，梳洗既畢，要承茵放棄船艙裡預備的稀飯，同往岸上的麵食店吃早點。承茵勉強偕往，只是一夜未眠，喉內枯啞，步履不穩，所幸神志依然猛醒。店內的燒賣白切雞與湯麵也胡亂的吃了一頓。白慶文此時問他在翰林院任學諭管理何事。他滿以為承茵在御前達官貴人的祖先三代寫誥命，受旨者希望文筆華美將特殊事故寫入，必然私下潤筆餽贈，不明瞭他何以只落得兩袖清風。承茵也懶得和他開釋，他無緣為達官貴人錦上添花，倒和學士張擇端以一枝畫筆為當今天子與冢宰粉飾太平。想不到畫中遇到一個侍婢，倒產生了如是此般的周折。他僅只表示刻下為學諭仍是見習官，必待皇恩浩蕩，升為翰林學士，才得承旨寫誥。一方面也是受他問得不耐煩了，也反問那白慶文一句：「老兄既在童蔡大軍之中，我們有一個同鄉叫作陸澹園的，奉旨清點兵馬人數，足下可也曾識見過？」

白慶文一聽著那名字，立時起敬的說著：「那陸昭武校尉，他的大名哪個不知？

認識倒沒有，我還高攀不上，只是鼎鼎大名，軍中傳遍上下，童太尉還要收他為侄女婿呢！」

承茵也不煩和他辯白，只暗笑陸澹園是自家的妹夫，不可能又是童家的東牀快婿，可見這白某也只是胡吹瞎鬧，沒有將他重視的必要。

只是船近邵伯江都，那白慶文又在行囊裡取出一瓶五加皮酒，即將舟中茶杯當酒杯與承茵開懷對酌。酒過三巡之後，他滿臉通紅，又乘興說起：「我看老兄也是一個本分之人，忠義之情見於言表。可是目前世局並非正人君子當道的時候。不要怪小弟出言無忌。在適當的時候，老兄還要替自己照顧一點為是！」承茵心想此白某捆載而歸，宦囊寬闊，利用我作護身符，還要奚落我窮窘。可是正眼看去，又領會此人雖然言辭唐突，畢竟語句之中不含惡意。並且與他相處七日，看去雖非正人君子，到底舉止慷慨，並非狐竊鼠偷之輩，也就抑制住自己心頭的反感，只是問著他：「於今太平盛世，太師提倡豐亨預大，太尉在北方拓土，老兄何以一定要將這場面解釋而為亂世末世，好像乾坤顛倒真假是非不分呢？」

那白慶文一聽到開疆拓土，立即將手中空杯使勁的擺放桌上。「什麼開疆拓土？」他反問承茵。「得到燕京的一座空城！那女真人將城裡的殷實戶口掃數向海濱他們自己的地區移去，還要咱們大宋賠償原有六州的稅金，要不然就立即要向咱們交兵！」

「那金人竟有這樣的厲害？」承茵吃驚的問著。「我們只聽說他們兵力不逾十萬，還要倚靠著童蔡大軍二十萬壓境，才能將遼國解決呢！」

「徐兄！」那白慶文將手中空杯拿起，又用力向桌上頓然的放下。「你們京官總是自己哄自己！或者你們只知其一，不知其二！那些韃子虜兵弓箭馬匹自備，糧秣器材就地徵發，說十萬人就整整齊齊的十萬，不會九萬九千九百！並且全部部落出身，個個驍勇善戰！我們這裡買空放空，抓著孱弱的算數，並且兵仗甲冑全由內地籌措，千里餽糧，十虧八九！如何能與他們相比！這是我家的張都頭也是紮硬寨打死仗的英雄好漢，只是禁不起一拖再拖，左右鄰軍靠不住，你們文臣京官還要敘過考功！他四十還未出頭，已經是意懶心灰，營裡眾兄弟商量，才要他在家鄉買一點田產算數！」

承茵被他說得啞口無言。這白慶文將一切歸咎於京官，初聽來令人感到不平，可是再一忖思，自己何嘗不有同感？朝廷既有舊章，又有新政，即以描畫汴京景物為例：先說體順民情，據實直書，前後羅致了十來人，換了三個主持。費時兩年餘，今日說樓台亭閣不畫；明日又說駱駝要畫。一個主張舟車房舍按實際尺寸比例畫；一個又主張不能完全放棄朝霞與暮霧。再一想來連他徐承茵自己也沒有把這問題簡化，他也主張侍婢用宮裝，也為畫幅生出無端是非。當白慶文再將他面對茶杯用酒注滿的時候他正感躊躇，於是也不再推辭，舉杯一飲而盡，只見得眼前模糊，也不知如何便倒頭睡去。半夜醒來只覺得頭昏腦脹，亟要嘔吐。好容易挨到天明，喝了舟子送來的滾水清茶，才覺得心胸稍為平穩。

那上午時光船過揚州，又有巡檢登船，那白慶文又用翰林院的名義支吾一陣，於是這一關也輕輕帶過。只是船離稅務司不遠，他即令舟子將船就岸，趕緊收拾行李，另僱一只舢板，喚著隨從將三捆駝毛連行李運將過去。以前沒有說明，他要去的乃是江南西路的潯陽府，應從儀真入江，至此向承茵告別。也不知此後他如何應付關卡，只是此人長袖善舞，自有妙法，也用不著為他操心。

前時沒有提及的，承茵所受房艙優待也就此告終。汴淮客船只到當面閘口為止。接近瓜洲，還要另覓渡船過江。在對岸還要接洽前往杭州府的船隻，看來徐承茵仍免不了在船艙板上搭地鋪。

第十二章

承茵的母親右手仍舊搓捏著糠灰，手中卻停止了績麻的工作。她那無神的眼睛也不向他注視，好像睨望著門前的桑樹上，嘴內卻說：「他們都不叫他徐老爺和徐相公了。連那些黃門小宦官都稱他徐買辦。還有些外頭衙門裡來的人就率性提名道姓的叫他徐德才，給他一肚子氣憤。」

承茵心裡明白：徐家家道式微；自己所做京官，也做得無出息；眾人已漸漸不把他父親算數了。杭州府裡的宦官一方面把父親的身分降低，也提高了向街坊索派的口氣。明金局裡需用的物資，經過一場使喚，已不復是出重價向各處蒐購，而是明令向地方攤派了。給價既低，父親所收佣金愈薄。或者有時還只得空手當差，兩頭受氣。

前一天父親還說著：「只有方臘平後一段時間——就說三個月吧——情形稍微好點。說什麼要與民更始，恢復市面，買東西也當場按值付費。去年下半年來就越來越不像話……」在敘述不能貫徹時，但還要用食指指節在几上扣著作響：「年底之前突然還要五千張錫箔，馬上就要，限三天交貨，每張還只給三十文！」

徐承茵離職返家，初時沒有料及如此之久。只因翰林學士張擇端叮囑他在沒有接到他的通知之前不要北返。日復一日，他已經無可忍耐。此時嚴寒已過，只是春至江南，又成日纏綿上一陣細雨煙飛令人惆悵的氣候。他初回時叫家人不要向外聲張。不過三五日後，左右親鄰尤其徐家老屋門牆內外都已風聞他在家居。承茵既未登門到各叔伯房長處送禮問安，各人也自此猜測，他必在京中有不可告人之處。他在偶然促遇親舊時只推說自己身體不好。各人對他端詳注視，滿腹懷疑。承茵無須推考，知道此時此日，自己必已成為各人私下議論的話題。

此期間他受到最大的打擊，尚無過於陸澹園的央派以前媒人前來關說與妹子蘇青解除婚約。原來童太尉要收他為侄女婿的消息是真。承茵離家近五載，自稱一事無成。這五年來惟一的收穫則是交上了兩個好朋友，也替自家小妹招上了一位青雲直上有官階體面的好夫婿，大家尚為著這事欣賀，不料這陸家鼠子竟敢託言上官逼迫不得不就，希望伯父母不要見忤，以前送至男家的嫁奩，包括綢緞、門簾、枕被各物，雖係由他陸澹園私下出資墊買，也顧名義得璧還，以保全兩家面子。只是洞房家具則已擺用，不在份內。承茵的母親說：「既說退還嫁奩則應當全部都退，不能把牀鋪椅子又留下來了。來日蘇青定親不是還要用著的？」

他的父親猛對著茶几拍一巴掌，唾液四噴的說：「都是他家出錢買的，還要他退什麼？只有自家女兒提過這樁婚事給人退回，從此聲名不正，好失體面，將來嫁得出去嫁不出去尚待思量，好人家誰要這推來送去的嫁奩？」

這時候徐承茵只怪自己有眼無珠，才交上了這樣的朋友。他陸澹園既已定親，有何不能據實直言之處？可見得他趨炎附勢，巴結著這天字第一號的宦官作侄女婿，還要說什麼上官逼迫！只到道途上行人都已風聞這段婚事只有自己徐承茵尚是悶在鼓中！他也怪當初他父母只知感恩圖報，輕易將女兒許配與人也不待與自己商量。可是再一想來：去年他自己即在家信中一再提及陸澹園與他肝膽相照，最是莫逆。果真當時父母詢問己見，他還不是會熱心贊成，如何又可能提出異議？

這時候羅老相——他家的長工——也加入議論。「就我看來吧，」他兩眼向前逼視，好像陸澹園仍在他目光之中：「這人兩眼朝天，這叫做螳螂頭，又配上一雙鷺鷥腳，最會到處竄蹦，要他當家作主，那是靠不住的。」

承茵瞪看著他一眼，表示主人家之事用不著傭僕參與。此時忽然想及去年議婚的時候，這老頭子確曾問過陸澹園是否願當東家的贅婿。或者他真個另有見解，也就至此住嘴。

他最害怕的乃是各人眾口紛紜全不遮蔽，也不顧及蘇青的情緒。她成日淚流滿面，也不出房。萬一她自尋短見，他做兄長的如何交代？一日傍晚時分他端著一碗稀飯，三片醬瓜到她房內。他還準備開釋這陸澹園尚未成親，先在東京已有勾欄內相愛的人物，本來即不是可以倚作終身的男子。妹子與他解約未為非福。只是內心有此腹稿，嘴內卻講不出來。一則他既知如此，何不早說，只到徐家毀約之後才為道出？二則他自己也和李功敏、陸澹園前去冶遊過三次，至此才將逛妓之事提及，用作攻擊他人的口實，豈不用心有愧？三則與陸家親事未遂，蘇青前程黯淡，他自己也看不出一個因禍得福的機緣。因之他只怔望著她牀沿上的一段尚未完工的刺繡，看來可是為陸澹園所製便鞋的鞋面，因之黑緞底，兩邊相似對稱。於是自己還待掙扎著，才能抑制住滿眶淚水。

倒是蘇青反來安慰他承茵。她只是說：「哥哥事業為重，不要替我著急，我是命根子薄，只配唸佛吃齋。哥哥好生照顧自己，娶個好嫂嫂，好生服侍雙親，那我也就放心了。」

承茵兩眼望著蘇青，她雖在愁苦之中，那天生姣好的容貌依然光采未減，只是眉顰之間，好像藏隱著千絲萬段的幽怨情緒。他也想不出陸澹園去年見得她時曾在話根子裡提到何種恩愛，今日又何忍撒手。他聽著她的口語，並無厭世輕生之意，稍為放心。可是她所說準備終身青燈伴佛，甚至可能削髮為尼，又禁不住觸發兄妹之間憐愛之情，覺得有如萬箭鑽心。原來蘇青小他九歲。他自己二十七歲尚未議婚，在以功名為重的男子講，並非完全罕見。可是妹子十七早過，逼近十八。雖說身軀剛是發育完成，早已不是常人所謂「豆蔻年華」了。只因徐家門戶清寒，議婚上下不願將就，近年又值兵荒馬亂，本來已將終身大事一用延擱。現今親事議妥之後，再被夫家推拒，反悔退婚，聲名受損，真如他父親說的以後嫁得出嫁不出尚待思量。這樣看來她自謂命根單薄，也甚是可能事勢如斯了。

他看到蘇青，也想到曾和他有緣同牀一夜卻不得拈手的樓華月；更想到柔福帝姬。為什麼把三個女孩子的形影糾纏在一起？她們年齡相似，顏色也相如，他徐承茵除了她們三人外，也未曾對其他類似的女孩開懷談及你我。三人個性不同，一個是娼家女；一個是天潢帝裔，與自己妹子相提並論，也算比得不倫不類。然則她們三人都有自家命運與前程無從掌握的苦楚。可見得紅顏命薄，上下皆然。對徐承茵講，這三個女孩兒身都為自家所愛；對他也都成禁臠。四年前他曾和華月一度同眠，他自忖無從娶她為妻，也無法納她為妾，又不忍使她受損傷，事後追悔。不久之前他在茂德宅第邂逅柔福，一時使性，也顧不得她金枝玉葉的身分，自作多情。現在想來，也只是率爾造次。蘇青是自己小妹，當然不能作非分想，看著她而想著其他二人，也是不當。更嚴格的說來，連這不得胡思亂想的警惕也不當有。因為不能作禽獸行的約束，出於天性。既如此則應自然而然，現在還要提防警範，可見得自家心地已經不良了。他想來害怕，自此他看及蘇青，不敢對她面龐和身圍直視。

那柔福的印象也經常在他心頭打轉。他抵家之前，深信帝姬對自己有情。只是一般處子，情之與慾有很大的區別，兩者間也有至為長遠的差距。譬如一盞小麻油燈，要得將燈心耐性挑培，才有緣化為熱焰。當日在蔡駙馬家時間過於倉促。可是家居數句之後，氣息消沉，他已不敢再作此想。帝姬受當今天子驕縱，不受拘束，並無對他自己額外多情的地方。況且她所見公卿將相的優秀子弟又何堪計算。當日畫像時她偶爾興起提及生平所好，這也不是對他旖旎眷戀的表現，當分別時更無牽衣難捨的情懷，自後更是音聞杳然，可見得兩人縱有一面再面之緣，至此緣分已盡，還是不存妄念為是。

當日他回家時曾對父母說及他因為在宮廷裡作畫與上官旨意相違，暫時停職家居，此種書畫間之事，經常有之。只要少假時日仍當奉召返職。他的父母無法分辨，也只能信以為真。只有母親加著在旁規勸：「於今我們家裡運道不好，你要特別留心，不要到處得罪人，尤其不能冒犯上官！」

徐承茵只說母親放心，他自信與張翰林學士並無芥蒂。即使偶有意見參差，也可商酌，不足介懷。不過家居將近三月，尚未見及張的召喚，就不敢斷定真相如何了。本來他一直以為張擇端有如其名，是一個正人君子。自有陸澹園的事故，他已開始懷疑，知道任何人都不能盡信。難道畫卷功成，張只顧一己貪功，把他徐承茵派遣回籍了事？要是果真如此，總也要提及一種名目，不能這樣馬虎將事。他好幾次想寫信與范翰笙商酌，詢問個究竟，或者託人往吏部查看，到底自己是否有黜降之事。則因為自己確曾造次口吻帝姬，又怕一切安排原是官方息事寧人不便張揚時的通融辦法。如此倒可能因他一問，反而生出周折。因之此事也只能悶在心頭無法排遣。

他越抑鬱，家中各事也更多煩惱。原來徐家老屋門前有一道圍牆繞著一條小徑直達西側便門，兩旁植有五株紫荊，每年春間開得紫花盈道。早年徐家父祖希望子孫世世聚居，取傳說中紫荊花離不了能聚難分之意。於今人口既眾，田產早已分析，或殘留或轉賣，圍牆內的房屋，也按著風火牆而分割，各房自有庭院，只有圍牆紫徑尚屬公產。而前年方臘之變起，官軍一到，即將紫荊樹砍倒，又將牆磚拆去築作堡砦。只是如此許多的破壞，並沒有藉此抵擋匪寇，今日景象既非，尤不利於風水。徐家各房商議應將圍牆修復，樹木重栽。父親徐德才既通庶務，公議總攬此事。可是他剛一向各房籌備收款，即發生我多你少的爭執。兩位嬸娘還說承茵先年往京赴試也曾受得祠堂支濟，於今又任京官，如此公益事，應由他家慷慨捐囊啟始。承茵深恨自己帶書的計畫未能兌現，如果在家尚有額外的花費，來日北行盤纏尚有周折。他的母親也說，「為什麼我們的一房既出力又要出錢？自己後院屋頂尚在漏雨尚且沒有僱工修理，哪裡還有餘力去築圍牆？我早就說過：德才不應當把這事扛在自己肩上！」

而且說時又是一陣急雨，屋子後頭的漏水也正一點一滴的掉進漏處放著的一只洗澡盆內。徐承茵感到無聊，只尋得書架上的一本字帖準備練字消遣。不料翻來覓去，發覺十年前讀書時左右不離的一盞茶壺尚在抽屜內，只是壺嘴已砸去一半。他筆墨俱備，就乘興的將這破茶壺畫在紙上。畫完不覺自笑：我當日因著這茶壺而無師發蒙，以後也進得畫學，做得畫官，遇上不少離奇之事。可是今日窮途潦倒，鎩羽歸家，豈不還是這冤孽作祟？要想把這破茶壺使勁摔去，掃它個粉碎，又怕母親見責，她老人家什麼破爛物件都捨不得丟。因之他也只好將這茶壺悄悄的放回原處。

他又習得三紙大字楷書，可是看來總不如意，也仍是眼高手低。自是他又忖思：此等事到底是雕蟲小技，只是一入文士之手，才藉此寫作大塊文章，道傳真偽，撥弄是非，什麼君子小人，良臣賊子，作陳情表，鐫黨人碑，一切都來了。太史公所謂「儒以文亂法，俠以武犯禁」，也就始自此處。倒不如原始初民結繩記事，免去了這一套顏柳蘇黃，來得爽快俐落。

然則徐承茵究非偏激之士，不是柔福帝姬，還說他兩手只在袖籠裡打轉，表現著君子不為已甚的情操嗎？他自知此時此刻帶著過激的想頭，還是因為左右都不得如意。少年女子自怨命途不由自身支配，其實男士又何所不然？想到這裡，也怪不得陸澹園要到處竄蹦，只顧著自己兩眼朝天，不管人家終身低頭唸佛了。

他把寫的字放在一邊，又在紙上描畫。這次所畫的不是實物寫真，而是從記憶之中學畫龜茲國人帶著駱駝進出城門的景況。他記著張擇端說的，那趕駱駝的人不圖急功，只顧任重道遠。所以畫時要把各人畫得兩腳著地，駱駝腳即離地也不過三數寸，

才表現一種優閒的步伐，使習畫與看畫的人，同樣體會到培養耐性，免除急躁。

這時候雨已止了。午後陽光出現，他收拾文具，比較心地平和。又過了一個時辰，門前出現一個來人，緇帽青衣，看來頗像城裡明金局的小宦官，口稱有重要件須親遞徐相公。承茵還以為收件人為他的父親，只回說他還在城裡街坊辦事尚未回家。那宦官又說收信人為徐學諭。這才使承茵目瞠心跳了。至此他深信發信人為張擇端，箇中消息無非要他返京。只待那宦官從公文袋裡掏出那信封，上面一行秀麗的筆跡，寫著「杭州府小西門外徐家大屋探交翰林院徐學諭承茵親啟」。所寫顯然與張的筆法不同，而且沒有張學士署名的下款。他急忙的叫來人在堂屋內坐下，返身回到自己房中將信拆開，不待開讀，他又驚又喜的猛省到這信件必來自柔福。信紙為帶粉紅色的梅花箋，而且滿紙芳馥，顯為宮中用品，上書七言絕句一首，讀為：

花移月影近丹墀，
畫棟縈懷幾度玆。
蘇堤對岸人畔柳，
也聞杼裏枉相思？

此外無發件人和收信人的署名。他還不能徹底瞭解詩內含義，但是早已體會那公主帝姬，秀外慧中的女郎，淘氣的小妮子已對他愛慕得喘不出氣來。他也坐在牀沿上，左手持箋，右手撐頰，眼前影色含糊，心內激跳，只覺得如醉如癡。直到母親進房提醒他要打發來人，他才把信件納入衣袋之中，又將抽屜內所有當十當一大小銅錢約五六百文之譜，一併賞給了送信人。那宦官連忙作揖稱謝，又說：「學諭大人如有回信可在巳牌時分前送到局裡，劉公公明日返京，正午開船。」承茵聽著點頭，嘴內卻說不出話來。

那宦官送信人去後，他的母親詢問他有何消息，何以如此驚訝？他連忙解說京中人事轉好，他可能在三五日內回翰林院。母親又要求他將來信交父親看，承茵乃推說，來箋寫的是一首詩，當中含義只有收授兩方明白，幸虧所解釋句句是真。他不敢明言的則是他徐家退下一樁親事，卻可能另有一樁大好親事。要是雙親真的知道其中底細，他們可要在半晚點燃香燭告祖謝神。他自己卻知道他與柔福見愛是真，只是有情人是否即成眷屬仍待分解。

傍晚徐德才回家，聽得妻房敘告，也認真質問兒子：承茵是否在朝中參與朋黨傾雜，不然何以有此等離奇的信件與匿名詩？徐承茵幾乎要指天畫日的立誓才能使父親相信，一來皇上提倡「紹述」，朝中大小臣工個個奉旨，舊黨絕跡，所以已無新舊之爭。二來他學的是畫，所畫每筆畢真，也不可能加入政爭。父親聽罷也無可再駁，才讓兒子退去，要妻房開飯。

承茵飯後回房，左思右想，總是不解。那首七言詩也不知道給他閱看著多少次了。文句用倒裝法，分明是月移花影，柳伴之人，可是要那樣據實寫出也就生硬呆板，興味索然……。所謂詩情畫意者，有如自己這時的感覺，只是你我難別，真假不分，所以花移月影，畫棟縈懷，而且蘇堤對岸人畔柳，吻獸雕欄望若癡。不是這念妹曾親口告訴他，宮中越是富麗繁華，愈是令人感到惆悵寂寞？所以她此時身在東京，神馳江南，思念著西子湖堤畔的他徐承茵，問他此時此刻是否也有同感，愛慕之情，躍然出現於芳箋之上，這一切都不難領略。

只是那「杼裏」二字作何解釋？出何經典？真有機杼？他徐家母親績麻，妹子挑針繡花，難道公主帝姬也在宮中紡紗織布？否則又稱杼裡相思何來？

直到深夜他才看透。原來那梅花箋上題詩用正楷寫出，「杼裏」兩字卻稍具變體。「杼」字右傍之「予」，隱約的加一小點，實為「矛」。「矛」在「木」上，實為「柔」。那「裏」字上端，點在橫下，輾轉作圓形，實為「畐」。下面看來似為「衣」但是當中略去一撇實為「示」。「示」字帶「畐」，是為福。作箋者自署真名。徐承茵再讀再看，又將信箋放在鼻上吸著當中她那芳馥的氣味，口內連說：「你這淘氣的小妮子！」

第十三章

這次茂德帝姬接見他的時候，沒有前回的雍容大度。原來徐承茵離京的四個月內，國事業已大變。首先即有前方與女真人的決裂，童貫兵敗。金軍以雷霆萬鈞之力，席捲西南如摧枯拉朽。以前降宋的遼將郭藥師，現又降金，改姓完顏氏，被派作燕京留守，於是大金國的兵力可以掃數南侵。當徐承茵所搭糧船北行經過淮河、汴河的時候，已看到南下船隻滿載京官家小攜帶箱籠家具各物，避難返鄉。使他懷疑自己是否能趕得上這場國家的急難。

京中百官已造成一種風氣，讓當今皇帝退位，使皇太子登極，以便與金人或戰或和，也同時與民更始。當然沒有人敢如是率直的提出。他們的辦法乃是由太學生上書示威要求內除國賊，自太師蔡京、太尉童貫、太保領樞密院事蔡攸以下凡朱勔、王黼、梁師成等都應處斬，梟首傳之四方以謝天下。這聲勢如此煊赫，即御前亦為之震駭。而蔡家又首當其衝。當承茵謁見帝姬的時候，駙馬蔡鞗又不在家。這次倒不是與同輩偷閒打球聽書，而是與兄長蔡攸、蔡翛、蔡絛等商量。數兄弟平日並不相得，到這危急的情形下方始聚首，也可以想見局勢的嚴重了。

這次茂德沒有按他的官職尊他為徐學諭，而是提名道姓的稱呼他。她睜著眼睛的責備他：「徐承茵，你闖的禍越來越大！」

原來承茵到京五日之前午夜宮城內大火，寒香閣內燒死宮女多人。傳說那晚今上巡幸閣中潘妃處，引起外間懷疑，有大逆不道之歹人起心謀害君王。而天下事又有那樣的湊巧，承茵回答柔福的一首匿名詩，也是語意含糊，內中又提及「紫徑」，而寒香閣前正有一座石砌牌坊上書「紫徑擷英」，據說還是仁宗皇帝的手筆。這更引人猜測。即原先不信之人至此也懷疑真有縱火的陰謀了。

當徐承茵那天在杭州府家裡接到柔福帝姬的情書後，急於草擬回音。他因為七言絕句過於單純，只能容納一方一時的情懷，不如作五言律詩可以較為含蓄；而且其駢體也更易表達你我之間來去的相思。所作詩首二句為：「宦寺傳鴻雁，須臾喜近狂。」表示當時接到柔福芳箋的真情。次一句「丹墀嫌月短」，乃是根據來書重複道及宮中畫棟雕欄花影樹聲之中一片悵惘的心境。下對「紫徑待暾長」，表示自己在原植紫荊的小道上徘徊，也終夜難眠，「塵音葑草塞」中之「塵音」稍帶釋家風味；其實乃是自身名字之諧音。她既提及蘇堤對岸，而恰巧前兩天他也湖上去過，看到堤邊青水處現為一片葑草阻塞，而自己所感抑鬱，也與此景略同。下接「虛里蕊箋香」，此「虛里」也正是來書的「杍裏」。雖說「杍」字北方人讀「渠」，南方人卻讀「虛」。南北音調之不同，已經上次見面時向她解釋過。總之以她的明快俐落，不難猜出你我兩人的名字，已在比翼雙飛。至於結句「恩情逾河嶽，黽勉焉敢忘？」又是回到開門見山的寫實。以她公主帝姬的身分，對他草野之人袒懷垂愛，真是恩深情重，他只有誦讀著《詩經》裡「黽勉同心，不宜有怒」的誓言答謝她了。如是全詩讀為：

宦寺傳鴻雁，須臾喜近狂。
丹墀嫌月短，紫徑待曒長。
塵音葑草塞，虛里蕊箋香。
恩情逾河嶽，黽勉焉敢忘？

內中五六兩句不盡按作律詩應有的平仄，可被人指摘為「黏貼失嚴」。只是一時找不到適當的辭語。他就想及：作律詩的規則不是今日回答她的要旨，緊要處還是把兩人的名字嵌進去，使柔福知道她給他的啞謎已被猜破。並且時間倉促，他還是繕正趕緊送至城中明金局為是。

及至趕至局裡，劉太監事忙，不能親自見他，承茵只見得一個掌事。那信封上也不便將柔福帝姬的名字寫出，只得口諭原來交信之人，照著京中轉交來書的序次倒送回過去，想此詩可由宦官宮女傳至柔福。結果是此信遞至宮中失去線索，無人認對，倒落入皇城提舉司使鄆王手中，鄆王職管宮掖的安全，本人在文字上也曾有一番造就，一看詩中平仄不按規律，就斷定此中尚有蹊蹺，莫非作夙之人故弄玄虛，陰藏暗語，那「塵音葑草塞，虛里蕊箋香」兩句甚有指示縱火的可能。不然何以稱要用沾有灰塵之乾柴塞緊，又在當中空處用香料點燃？至此原來遞信的黃門宦官也不敢出面解釋了。再又因宮中失火起自「紫徑擷英」的牌坊側右，更使上下人眾將這一首詩傳遍內外。當日柔福在宮中聽及種切，曾噗哧一笑。茂德帝姬敘述至此，徐承恩也再忍不住，也是噗哧一笑。

「這是眾人生死存亡的關頭，」茂德忙著指摘，「你們兩小口子倒以為這是開玩笑的時候！」

承茵聽得帝姬稱他與柔福為兩小口子，雖在指摘，而語氣親暱。又探悉情詩已將錯就錯的傳及心愛人，已大為寬慰。他知道蔡家上下因為朝局變化，正在感到徬徨不安，乃接著勸說：「我看政局縱有變化，也不可能危及皇上姻親。並且重臣落職也不可能遭殃。我朝太祖不是立有誓約，永不殘害功臣，載在御筆藏於太廟嗎？」

茂德睜著眼睛說：「你只知其一不知其二！上次我不是和你說過為君難嗎？現在的百官花樣也愈來愈多了。他們當然知道太祖的誓言。可是於今被謫的大員經常經過他們的簽呈派作某州某處作團練副使。這團練副使的頭銜一下，各人都知道被派之人失去照顧，又怕他們來日平反挾威報復，就趁著他們上任途中不在意的時候遣人殺害，那皇上又如何個個照顧？」

徐承茵聽著不覺毛骨悚然。他也記著前此有兩個大員被謫為團練副使先後「遇盜被害」。這比先朝功臣指為奸黨被鐫名勒石更勝一籌。他知道自己與柔福帝姬接近，挫折了鄆王的意圖。那皇子三哥一意要念妹在田家駙馬或向家駙馬弟兄之中擇一成婚，親上加親以增強他本人外圍的地位。念妹不肯合作，他已無可如何。而徐承茵又從中摻入，那更不可恕了。縱使鄆王本人無意對他承茵下毒手，「其如麾下欲富貴何？」那提舉使司裡面的大小嘍囉難道還要待指教才動手向他開刀？他們豈不知奉迎上意立功？況且宮中縱火案總要找出一個人犯。要是死無對證，豈不更好？這樣看來自己的處境也著實危險了。幸而據茂德所說，三哥鄆王也算是贊成紹述的人物與「隱相」梁師成過於接近，經不起當前朝中內外壓力，已於昨日稱病請辭，遺下提舉使司的職位即將由沂王楞接替；沂王為皇太子親信，宮中稱為四哥。徐承茵在這關鍵時返京，可謂剛逃過千鈞一髮的危機，不過仍舊要謹慎行事。

然則始終謹慎又如何能成就當前的因緣好合？他四個月前親吻帝姬所冒大險，那柔福的「杼裹」情詩，自己的南北奔波都讓之全功盡棄？想到這裡他也顧不得當今天子與太師倒底是為君難或是為臣不易了，口內只說：「好姊姊，你務必成全我們兩個！」

那茂德帝姬滿面暈紅，正色的說：「徐承茵，你也要識本分！誰是你的姊姊？你是翰林院書畫局裡的學諭，我是蔡家媳婦，你不要糊裡糊塗的道說，小人無知再加渲染，更傳說得不成體統！」

徐承茵一口氣的說著：「好姊姊，我別無他法，已顧不得了。你看得這兩首詩，就知道當中底蘊說得全無遮蓋的話，我們這樁親事不成，縱是你給念妹招上一位蓋世無雙的駙馬，她也還是抑鬱著抱憾終天。所以我已顧不得當前的好夙是非。就是仁義道德，倫理綱常也顧不得了。你如果再不見助，我就跪在你跟前再不起身！」

不知究是當前承茵所說感動了她還是威脅嚇住了她，帝姬向左右瞟過一眼然後改口的說：「你們兩個人也真不是冤家不對頭了。」她沉吟了一會，才慢慢的說著：「你不是說過，張學士那張圖畫要是給你作主的話，你可能有一段增進？」

徐承茵想著這不可能完全是題外之言，他只彷彿記得上次見她時可能在無意之中曾有類似的表示，總之現在已無可推託。他只好說：「這是一種不同的作風。我們的看法，這汴京景色的圖片，既是當今天子與太師施政的一種文獻，就應當不止製為畫軸專在大內供御覽。何不畫他一尺半見高，兩尺或三尺為一幅，畫他過七八幅或十來幅，即稱之為『汴京盛世八景』或『宣和皇都十景』？一則連綴的掛在翰林院供眾人觀摩仰慕。一則各幅自有其題材，也有其固定不變的觀點，免得一座橋梁既要鑽進甕洞裡朝上看，又要登樓向下俯視。」

茂德將手擺在下顎，好像在欣賞徐承茵所敘汴京八景。口內說著：「如果皇上照你的意思，真畫這汴京八景，你可能畫得出來？」還不待承茵作答接著又問：「當中的緊要處，你能不能在三四個月之內畫完交卷？」

承茵仍是不明這與他自己想和柔福成親有何關係，於是帝姬解說：「皇上即是要內禪也不能在年中行禮，大概總要在臘月發出公告，元旦改元。現在端午已過，如果你的畫能在三四個月之內畫好，眾人稱羨，還來得及由他用貼職免試的辦法，陞你為翰林學士。那樣子你和念妹定親，中書省和太常寺才沒有話說。只是事不宜遲。你自己有把握與否？」

聽到這裡徐承茵已是汗流浹背。茂德所說包括著千絲萬縷的機緣，可能立即決定自家的婚姻與功名及今後的身分地位，也波及他的父母家人親舊和翰林院書畫局的上官朋友同事，說不定尚與當今政府和以後大局攸關。他去蔡駙馬家之前，曾未將這些可能的發展琢磨過。他還只一心瞻念著柔福明快俐落的雙眼，令人心懷盪漾的頰上酒窩和柔嫩的小手。也只因她在梅花箋上所寫「也聞杼裏枉相思」的一句，使他立即返京，也在喘息未定之際，又立即求見五姊。不料五姊茂德這一問使他手足無措。他剛才還說不顧禮義廉恥、倫理綱常，那不過是表示決心的意思。究竟今後局面如何打開，如何對付那牽引上的千萬條機緣，不免想來令人心慌。突然之間他好像處身於萬馬奔騰之前。況且內中的因素尚不容他考究整理分析。所以徐承茵胸中已失去了條理，他無從做有效的思維。他的兩耳嗡嗡作響，這時候他只見得茂德帝姬盯著雙眼望他，候他立刻作答。

他喃喃的回答：「我當盡力之所能。」說來這話出自自己嘴邊，聽來都像旁人所說。

茂德又再催勸他猛醒：「這一套盡力之所及仍是不夠！你要說確有把握你能獨當一面的作主，保證在四個月之內畫妥，而且畫的也比那張擇端畫得好，這事情才有著落；否則就吹了。我們不能輕易的在皇上面前關說，難道你還不知道他要和多少人接頭，而且這是什麼時候！」

他又喃喃的保證：「我有把握。」這四個字仍像他人所說，其聲音仍在他自己的身邊打轉。

第十四章

不出十個時辰之後，徐承茵還要到茂德帝姬處請她不要向天子啟奏，提出汴京八景或十景的名目，推薦他自己作主持。這事乍看好像突然，其實則無可避免。

他從蔡駙馬邸回家後，又將盧家宅院廳房整理了一番，也將帶來的衣物稍作清理，到午後才漫步到書畫局裡去，只見得張擇端在他的公事房內，將所畫《清明上河圖》捲在兩張繅車上，綳緊著可以左右輾轉。看來畫幅已大功告成，他這時不過檢閱全卷，在細處不甚完善的地方用五號及特六號畫筆點綴修飾一二。范翰笙則正在準備著畫筆及藤黃在旁襄助，尤其注意及蘸墨之多少濃淡。及至承茵進室，張並無特別驚訝的樣子。他只抬頭不甚關切的說著：「你看，這個人在家裡待不住，已經回來了。」翰笙則微笑點頭示意。那張擇端又站起來向展開在面前的畫幅左右歪著眼顧盼一次，然後才向范說：「翰笙，我看這樣子我們可以去收攤子了，明日再來。」當范翰笙將筆洗去餘墨置放原處時他又加吩咐：「你出去時可向院裡的司務說明：徐學諭業已回京，他的傔從陳進忠可即回到宅院子裡服侍。承茵應有的月俸和祿米，也要他們先結算好。」這時候范翰笙告辭，室內只有承茵和翰林學士兩人。張擇端並無對他自己任何嫉視及任何不愉快的表現。

當初承茵被張學士放遣回家總以為自己侵犯帝姬一事見發被問，所以快快離京，也無從張說。及至接到柔福短簡，再又見到茂德，知道宮中並未對他冒昧親吻一事提出追究。縱是鄆王可能對自己不滿，也沒有向書畫局質詢的表示。所以他之被遣全部出於張之主動。這時他已不能完全抑制住胸中一股不平之氣。

及至他與翰林學士閉戶長談，才知道內中真切。原來四個月前張擇端催著他南行，並非宮中示意，而係由於開封府尹聶山不容。張首先要承茵仔細檢點自己在四個月前是否在公眾之前曾有失言之處。承茵矢口否認。他平日少見外人，又何至在公眾面前發言不慎？經過再三盤問之後，才記得元宵之後數日，他曾與李功敏及國子監的太學生數人去南薰門裡油餅店喫茶。談話之所及一時興至，他提及懋德坊一帶居民，因達官賜第原住宅被開封府拆除，目下在固子門外淪為「棚戶」等等情節。他出口無心，旁人聽來則甚可能認為有在年輕學子之前張揚煽動的用心。他這時已不復記得清楚。只到張從側後牽引，他才記得當日抱著不平，似曾介入某種偏激之辭。不用說直接間接之間，此事已為開封府所派內線工作人員獲知，也不知他們如何報入府裡，總之就觸怒府尹。那開封府的府尹，又不同於各地方官，他在職掌內處理都中獄訟有專決權，不受刑部及御史台查問，而這拆屋一事也正落在他職責範圍之內。他要知道：這書畫局裡的畫官何以膽敢為霸佔公地的頑民張目，還要誣蔑他府尹瀆職殃民？事實上他派著他的右軍巡檢來局質問，由他張擇端道歉解釋，並且承允打發承茵回籍了事。

何以當時張擇端不將這情節向承茵明言？

翰林學士將他的藤椅後移兩三尺，與畫幅保持相當的距離，也要徐承茵把椅子移至他的近旁，然後促膝對談。「你這個人，」他率直的判斷，「心地善良，也算得剛毅正直，只是有時候出口不慎。我恐怕你知道這事底細，忍不住還要出頭辯護，那樣子倒會把事情弄僵了，況且這事情發生在正月，你還被那位公主帝姬盯著要你畫像，糾纏得不清……。」

承茵心想，這樣看來，他始終不知道自己曾抱吻柔福和彼此傾心一節。他即隨著話根子問：「翰林學士，照你看來，我現在還是不能露面？」

張擇端展開了那慣常帶稚氣的微笑：「你還問我！我不是說過不待我通知之前不要返京嗎？現在你人已經在這裡了，還待我的許可？」

他的笑容收斂之後改口再說：「不過你既已回來，也就算了。沒有什麼大不得了的。總算你的運氣好，前天聖旨已下，派皇太子兼開封府牧。」他再問承茵：「你知道這場任命的意義嗎？」

承茵只默默的搖頭。

張擇端再又解釋：這開封府既有府尹，州牧一官向來是不常派的。現在此項遣派既已公布即表示朝廷有與金人作戰到底的決心，甚可能京師戒嚴。他張擇端只希望事態尚不致如是嚴重。只是無論如何，皇太子也必任用他親信的助手，所以旦夕開封府尹必將換人。這聶山泥菩薩渡江自身難保，應不可能再記掛著拆屋和棚戶等等小事與往事了。說到此處他又是一笑，加添一句：「只要你不再唱高調，再四處張揚的話。」

他也表示，《清明上河圖》業已完工，不出十天即將全卷呈御覽。如經批可，他自己將趁此機會請求還鄉退休。為什麼他剛在四十內外即要倦勤卸任？原來張擇端家中尚有老母，缺人供養。他自己的身體也不如外貌的頑健，總是虛浮而內中衰弱，也禁不起開封府秋冬間的大風和夏天的蚊蚋。如果所畫《清明上河圖》經聖主宸斷認可，按例會賞給少量金銀財物，還不如藉此在家鄉東武縣買他數畝薄田餬口，免得繼續著宦海浮沉。

承茵心想這年頭誰也只指望回家買田，以便放債收租。好像不久之前他也聽到過另一人如此坦白自陳，只是一時記不起此人是誰。

其實張擇端之急流勇退，也仍與作畫有關。本來書畫陶冶性情，個人隨興的揮去，既因研考事物而靜觀天地，也隨著丹青出入而養心明志，本來是一椿好事。無奈這好事被官場編派，立即你多我少，爭執橫生。也成為容納是非，褒貶人物和爭奪權力的門檻了。張擇端平日心氣平和，總是不得罪人，至此也感到吃不開。

這些情節徐承茵豈有不知？他四年前初進畫學則發現一班同學之中有士流與雜流的區別。及至清江口的船務見習，又遇著師弟師兄間的界限與嫌隙，連一張造船的圖樣也未見到。及至參與描畫汴京景物門道更多了。起先說據實寫真，可是什麼是盛世壯觀，什麼是皇都美景，既怕監察官的虎視鷹眈，也有不相干的人從旁指摘；甚至左邊一撇則為紹述，右邊一捺則為守舊，還要擔心星變。即是提及拆屋賜第，又何嘗不是與作畫有關？徐承茵當然明白：還只有自己獨自畫茶壺才能領略當中的真趣。

張擇端又猜測，這書畫局甚可能因著蔡太師垮台而收束。迄至此刻徐承茵並未將茂德帝姬口授謀略與這翰林學士的談話擺在一起。可是他聽得張說及，準備中請陞范翰笙為畫學正，接替他權管局中之事，不免覺得心上至為不快，而且想及茂德的建議準備權衡得失了。他自信在畫《清明上河圖》的過程中，在供給基本資料，參與設計，甚至在畫幅上助筆，添補填入樹竹枝葉木屑瓦屋各瑣事上講，他徐承茵所貢獻從未在范翰笙之下。為什麼要范翰笙接替？他只以磨墨洗筆為能。並且因為他的饒舌，使自己牽入懋德坊、崇聖里、固子門的一段糾紛，被迫離職家居三個月。這位好同事還若無其事，只在旁候著陞官！

可是張擇端另有解釋。

他說：「承茵，我知道你畫得比他好，只是書畫局的情勢是這樣，藝術次要，對外人事第一。收拾著這破舊貨攤子，范翰笙要比你強。」承茵聽到只好咽下一口涎水。

剛說蚊蚋，此時即有一隻蚊子叮在張擇端的耳根旁。那翰林學士猛給自己一記耳光，蚊蚋果然應聲而墜。張又用左手中指黏上口水，敷在被咬著的癢處，才繼續告訴承茵：他已經安排陞他為著作佐郎。本來吏部因為承茵非進士出身堅持不允。但是張已與考功案的瞿員外郎疏通。他追敘著說款時的情形：「我說，『他不是考不上進士，而是朝廷不讓他考，逼著他學畫，而且一直叮囑著他，在本朝而言，繪畫的重要不亞於辭章。要是這句話能夠算數的話，則他四年來的造詣，早已超逾過好許多翰林。況且他在《左傳》上下的功夫，連國子監的生員都敬服。』那瞿守真已照我所說簽呈上去了。雖說我不能具結保證，看來這事已十拿九穩，應當沒有問題。」

他又在頸子上耳根處搓摸兩三次，接著說：「這著作佐郎一職也是正八品官，而且是正途。照我看來要用畫畫獲取功名，總還是理想。還有一點——」他面上再湧現出來那慣常的微笑，「近來朝廷的作法，對各州各路的差遣，也常派著著作佐郎去。所以這職位在正常薪給之外，也附帶著多少有些出差費的好處。」

徐承茵本來無心對此事存有念頭，聽著卻也免不了心嚮往焉。張擇端站了起來，隨即又張羅著的說：「現在好歹這幅畫已經畫完了，你也可以趁著這機會看它一

遍。」

承茵隨著他站起身來。張擇端讓他站在左邊的繅車後將全幅向左轉去，直轉至卷之起點，然後他自己發動右邊繅車，這《清明上河圖》方不疾不徐的從頭至尾展開。以前耗費的時間不計，自張翰林學士接任以來的九個月三人所費心血，已全部呈現於眼前二十尺的黃色絹幅之上，從晨霧在樹，鄉人進城，茶館開門，垛房告別，檣桅折疊，虹橋驚擾，腳店輸錢，太平車輛，河畔觀魚，駝隊出城，門前說書，騎紳護眷，迄至僧道論衡大致瀏覽了一遍。每至他自己得意之處，張擇端即緩轉畫軸，停留著解釋。

其實承茵最關心的乃是十字街頭柔福以宮裝扮為使女的一幅，看來似乎已經照他自己設計畫上，不過也難為斷定。張擇端卻認為將十多個人在河畔街頭寫生的畫稿剪裁縫補增添點綴，是他自己莫大的功勞。

譬如說：承茵所畫兩艘螃蟹船前後重疊。這種船特殊之處乃是前後兩把大槳各長約二十尺。極少時候雙槳互

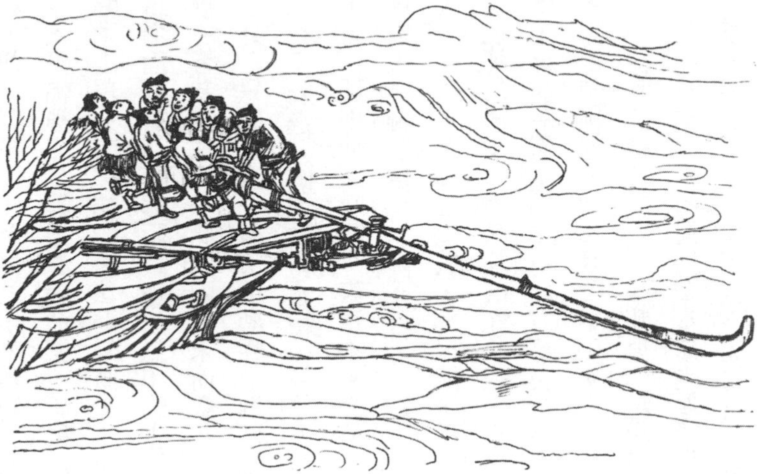

動。一般情形下總是一隻在划，一隻休憩，也使船頭及船梢編排著一高一低，所以兩把槳有如螃蟹之雙螯。而這船之首尾也沒有實質上之區別。從側面看去，船行有如螃蟹之橫走。如果像承茵的畫稿一樣，將這種船的詳情細目全部畫出，不僅佔幅太多，也不生美感。所以他決定以遠距畫全船的斜側面。而將另一隻船的螯槳放大，作為近觀。划槳的水手也從六人添至八人，以簡釋其結構及操作的方法。船之其他部分，不是待分析之處，只用近岸旁的一團蘆草將之遮蓋著過去。即是最嚴格的評者，也無從指摘作畫人只顧自身方便，抹殺了當應仔細琢磨的地方。

息事止訟只是聖教昌明之風化下

的理想。其實街頭巷尾的爭執無時不有，也無地不有。作畫的人如何能把一切壞事全收入畫幅裡去？難道謀殺命案，妒婦爭風，逆子不孝，惡漢互毆也能在這敘王事的絹幅上出現？張擇端的辦法乃是將大小爭執象徵式的收集在不出一尺見方的範圍之內。這場面以富商押解陌錢驅車過市為主題。太史公曰：「天下熙熙，皆為利來，天下攘攘，皆為利往。」此人因逐末而致富，面帶笑容也是人情之常。板車上所載除他自己之外，只有近底一層，卻套軛上四匹騾馬，也無乃長形布袋內所裝陌錢過重之故。商人袖手安逸，驅車者也張揚得意。只是四匹騾馬之中兩只神色如常，一匹卻頸項低垂，一匹則伸頸鳴嘯，表示不平之氣。汴京街道縱寬，經他如此駟馬驅馳，尤其是趕馬之人長鞭揮策，必已使行人感到不安不便了。再有街之左邊，扛駕著獨輪車之車夫，因著車上高堆重載，他只能胼手胝足的掙扎，眼不能旁視，肩不敢傾斜。而偏有那挑輕的漢子，不識趣的在正道上息肩，遮攔著他的去路。兩人觀摩至此，那張翰林學士更加解釋：「這些地方都表示小人不聞君子大道的結果。也是他們尚未體會到己所不欲勿施於人的意義。以小喻大，我們也可以看出一切爭端的始點。」

徐承茵搶著說：「我知道：這類畫題出自祝霈，他喜歡賣弄這一套。」

「承茵！」張擇端正色帶辯護性的說著，也不見他面上的笑容。「雖說君子要忠厚，不為己甚，我們也不能對這些欲生亂階的情形全部置之不聞不問。你熟讀《左傳》，就知道小不忍則亂大謀。我的辦法是在這一尺橫寬的範圍內將一切糾紛的地點細處重複的畫出，使以後閱圖之人不能忽視我張擇端奉著聖旨廣為規勸的意思。」

這是徐承茵第一次聽著張翰林學士以奉有聖旨的名分自作矜誇，而且他用儒教的根本教訓自己，不免拂意。只是看到畫面上技術性的安排，則也有他的道理。例如孫家羊肉店之前有一人說書，講到故事中的緊要處，背對著閱畫之人有一個小兒蹴地哭著要走，他的母親卻不肯離去，還開口譴責。也的確如《左傳》起首第一章所敘，母子之不能共億，始自些微末處。

再移向街心，更見得紳員一人騎得高頭大馬，迎面遇著舊識。這人必因著原故，或是羞慚，或是畏怯，只是以扇掩面，甚至掀起袍角，希望把自己全身遮蓋著過去。偏有這馬上之人毫不體念對方的為難，愈硬存心使勁的向他看去。並且兩人的隨身僮僕也各隨著主人，驕昂的更是趾高氣揚，偃蹇的越是意氣消沉，只挾著被服蹣跚而行。

街上又有代表儒、釋、道三教人物站著論衡，又有狀似鄉紳塾師的人物也是三人一堆，閱畫人雖不能探詢出他們討論的題材，但是據張擇端所述，此是一個不和諧的場所，應仍是無法協調的成分多。這全部情景也可以從其他人物所生爭執看出究竟。大街上行人須要同心協力，而事實上意見分歧之處則有三起。官員紳士之家的子弟各

孫羊店

劉家上色沉檀揀香
久住
王員外

著長袖袍服，一人主張東行；一人則堅持西往。兩個匠人各執箱匣，也有各持己見，不過一人指東，一人指南。再有販小吃者兩人，一持湯虀，一人頭上頂著碗盞，手攜折疊式支撐盤缽之木架，也仍是一南一北，又不知他們如不將行頭湊合在一起怎能做得成買賣？到此承茵也笑了。

因著他一笑，張擇端的態度也比較鬆弛。那帶稚氣的神情，又再度浮現於他的面龐上。他命承茵將畫幅向左轉回約三尺餘，說明他在去杭州府休假之前，這處上端尚是一片光板，現在卻已填滿。經他說起，承茵也依稀記得，這角落的主要地形乃是一道護城河，也有一道支流，從北至南注入主流，上有土橋。那翰林學士詢問他手下的畫學諭，要他說明這一角的主題何在。

承茵仔細端詳了一會，就感到這一角的氣氛與剛才所見成為一個對照。他據所見回答：「這邊比較溫和寧靜。」

張擇端從旁補助：「這一角的主題是『秩序』二字。」

承茵再仔細看去，不僅右邊的馱獸無人看顧仍然各安本分，並未狼奔兔矢；即是左角的六隻肥豬，從樹蔭走出，出現於街頭，也仍是結隊成群，似受前一隻領導，而保持著全隊的對稱與均衡。正中茅篷下的茶館，生意清閒，側面有婦人抱著小兒，較遠處雜貨店主人正以秤衡物，此乃是慈母與幼子的溫馨場面和公平交易的象徵表示。

至於那佛寺正門緊閉，僧侶一人從側門進，所呈現的柱梁托架台階屋瓦無一殘缺失修，處處井然有條。即擔販過橋也無人阻礙，只表示一片平和的理想境界。

張擇端又問及：「承茵，你還已得我『三道屏風』的祕訣嗎？」

「學士，」承茵不待思考的回答，「這是我做徒弟的開場第一課，怎麼會忘記呢？」

他再瞧著畫面更體會這一角落已保持著三層縱深，而且由近至遠引導著閱著自右向左看去，符合全畫軸的設計。各段落間的過渡，則用榆柳樹條襯著。所以全局雖由以前各人零星畫稿湊成，主筆的人不能沒有他的全部見解和設計。

至此張擇端再加解釋：近邊的轎馬行列，也仍保持著守禮有則的要旨。前面一張轎子所坐的為母親，後面一張所坐為妻子。雖然兩轎門窗緊閉，當中區別可以從轎上文飾看出。畫上的主角著學士服，早已下馬，正作揖向母親慰勞問安。妻子所乘的一張則即將停轎而尚未著地，此中有一個本末先後的次序。隨行的馬弁僕從肩扛各物，雖未擺成筆直的長蛇陣，只沿著河岸稍向閱者作弧形，可是從未參差躐等，這也就是秩序的表現。

「學士，」徐承茵到此慷慨直言，「你不能掛冠而去。」隔了一會他又加上一句：「我想朝中尚大有借重你的地方。」

及至承茵再回到盧家宅院已是傍晚時分。傔從陳進忠早已回宅，將廳房收拾妥當，並且用自己的錢買了些蔬菜肉類，預備了晚餐。他見及承茵，就說：「大爺路上辛苦嗎？」隨即又說。「大爺，北方的情形不好，韃子兵厲害啊！」陳進忠是河北人，他可能得到家鄉消息。像他這樣不識字的人所見如此，那前方軍情不利，情勢緊張的局面可想而知。只是他自己此時有事心頭記掛，只回說：「陳進忠，我倒確是有些疲倦了，明早我和你話說。」

匆匆吃過晚飯後他倒頭便睡，可是在枕上翻來覆去，只是不能成眠。想來想去，他不能去挖張擇端的牆腳。翰林學士雖沒有在繪畫的門道裡向御前啟奏，成全他徐承茵，他對手下兩人的安排不能算是不周全，況且進入文字的正途，也是自己向來的宿願。如照茂德帝姬的辦法做法，他必須以損人利己的辦法，先毀滅這張剛完工的《清明上河圖》。本來此議經茂德提出，他一時語塞，只糊裡糊塗的默可。現在情勢看清，他知道這一幅畫卷從創意至今，忽忽寒暑三載。他自己道義上的責任不說，即是情感上他亦不忍下手。他徐承茵一向反對旁人假借名目在繪圖時參入事端，作個人利害恩怨的打算。何以現在又抄襲一向被自己嫉視和鄙視的劣行，去加害於他自己的居停和上司，使他希望告老之際受到打擊……

誠然，他過去曾口出大言，《清明上河圖》的設計尚大可增進。這也仍是源於平日眼高手低的習慣，並不一定是徐承茵畫的必然較張擇端畫得好。退一步說縱如是，也還不是自己有真知灼見，在創意上較張的強；而實際上是徒弟蒙套上了師父的手藝，蒙他訓誨，弄清了好多訣竅。萬一這「倒張」的行動成功，他也沒有把握在三四個月內，畫出所謂汴京八景或十景。在畫幅裡加入文教上的重點，是皇上與整個朝廷的期望。雖然柔福帝姬曾批評張擇端過於做作，可是要迎合上方賦予的宗旨，就不得不重複的將這畫題一再強調。他也想不出如何將《清明上河圖》的組織結構翻一面。再回想來，他也找不到適當的助手。首先即有范翰笙的問題。無論如何那范翰笙也不會心悅誠服的做他徐承茵的助手，他已在準備接替翰林學士之事……。

所以在夜半之前他已決定不能實行那重畫《清明上河圖》的提議。

可是問題並不是那樣簡單。他還要向兩位帝姬交代。當日上午他還稱茂德為姊姊，央求她成全自己與念妹的好事，現在又臨陣退卻，如何講得過去？他自己一介書生，現在有公主垂青，為何他還只在自己名節上打算盤，不能遷就於她們的好意？並且內定的計畫行與不行，還沒有開場，自己已先萎縮，今天還有何面目見女中之知己？自承所作畫不如張擇端也不是令她們洩氣？這事如果吹了，難道今後還有見帝姬的希望？他是不是會悔恨終身？

想至此處，他另有打算：他可以用「無為」的方式，靜觀變化。好在「倒張」

的計畫，不由他自己發起。他即不聞不問，如果茂德去向皇上關說，他既未實切的贊同，也用不著出面阻攔，好在張擇端與范翰笙並不知道他與兩位帝姬尚有如此這般的一段交往。他的策略主在以靜待動。即使日後張范質問，他仍可推說不知何以皇上有要他重畫的大命。

這時候有一隻蚊子鑽入帳中，他搜捕不得，總算把牠逐出去了。他一時汗流浹背，又就著牀邊茶壺咽下了兩口冷茶之後心跳較為平穩。仔細想來，這辦法仍是不妥。這也還是卑怯的表現。諉過於人，更非熱血男子所應有。徐承茵開始責備自己：在茂德帝姬建議時，他沒有鼓足自己的正氣，當場說不。現在這事弄到如此尷尬的程度，還是由於自己的曖昧游離。刻下事後猛醒：他不能恩將仇報，更不能埋怨帝姬強自己所難。要是今日存此夙心，即使他招為駙馬，得了厚祿高官，這段婚姻也不見得會愉快。柔福對他的賞識，半出於他自己的藝術修養，一半由於他的忠實性格。如果他放棄後者，歪曲前者，那她眼中之徐承茵還有什麼地方可取？懷念及此，他又恨不得立時往茂德帝姬處坦白陳情，更正日中的錯誤，愈快愈好，免得再有另外想法。

好不容易挨到天明，他立時起牀，梳洗既畢，也不待吃早點，即在街上僱了一輛驢車前往景龍門裡蔡宅。門人傭僕知道他數經帝姬接見，此刻聽說著有緊要事，也不敢怠慢。他在客室裡候了一段時間，茂德終於出現。但是他對承茵一早冒昧來訪未免不快。徐承茵也注意到她面上沒有妝飾，收斂笑容，和上次所見有很大的差別。他一口氣把張擇端與他自己的關係，那《清明上河圖》設計原委和目下情況，那畫幅不能再更動的理由，因著柔福他更不能缺乏誠信的原委，盡量據實道出。至此他已不敢再稱茂德為姊姊，只尊呼著她為殿下。茂德初不耐煩，好幾次要打斷他話頭，但是承茵鼓足了勇氣，只是下氣接著上氣的傾腸而出，終於把所有的曲折道敘得乾淨。說到後頭，帝姬只是兩眼低垂，她用右手食指摸摩著茶几上的稜角。最後她抬起頭來，向他冷冷的說著：「這事只能由你自己作主。」

承茵央請她安排，使他再見柔福一次，茂德只說現下宮中府裡都在混亂狀態，不是時候，她也無意再找上絆頭。他又再三懇求，她才說：「讓我看著再說。」

第十五章

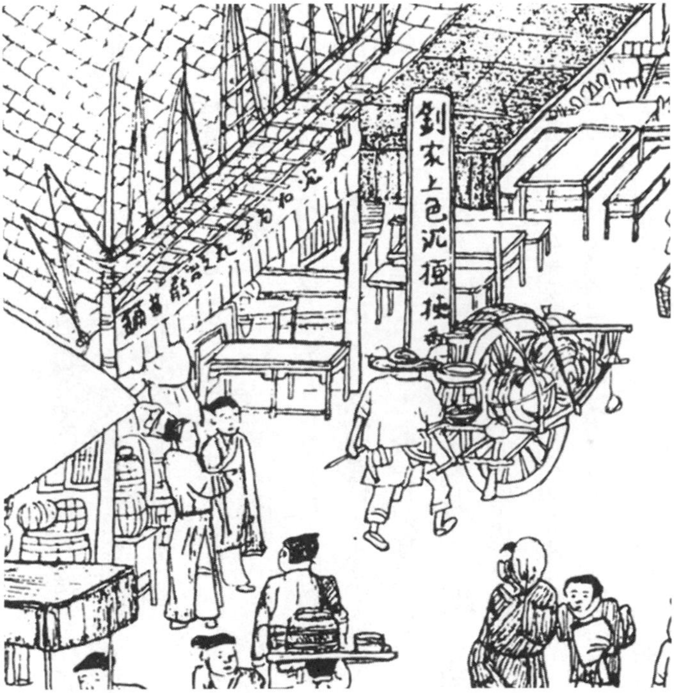

那宣和七年冬季至靖康二年初的一段經歷，至今還是歷史上的一場夢囈。很多人當時在汴京，身歷其境，猶且支吾不能道說實在的經過，局外人根據道聽塗說，只更把內中情節愈說得不相對頭，而且言人人殊了。

七年七月徐承茵受得張擇端的推薦，升作著作佐郎，官屬集賢院，及至到院才知道他的頭銜上帶「試補」二字，也就是額外冗官，算不得正缺。院裡的著作郎及其他佐郎，都不把他看在眼裡，更用不著祕監少監了。幸虧校理判閣事的鄭正，尚對承茵有些賞識，曾令他為自己畫像。本來集賢院的官員也隨時供朝廷派遣，平時最重要的工作無乃蒐集保管珍本古籍，並且校勘當中的正誤，亦即是真的校書，這與承茵在書藝局裡所作校對刻板的工作，有了實質上的區別，可是那些古文祕笈裡包涵著無數古怪離奇的字體，更不用說特殊的偏僻字。承茵動輒即要請教於他的上司與同事，這樣也難怪人家要視作贅尤了。他已經聽到其他的佐郎甚至下面的掾吏在閒談時說起：「我們院裡新來了一位不識字的翰林！」承茵也知道自己的字寫得不好，果然這一點也被人恥笑：「我們這裡新來的一位佐郎，帶來一桿好紫毫筆；這筆倒也奇怪，他只能勾畫得出來杯盤盆碟，寫不出草書正楷！」

張擇端並沒有告老還鄉，范翰笙也沒有升得上畫學正。那《清明上河圖》算是完工呈上去了，可是醞釀已久的御製序卻一直沒有頒發下來。也有人傳說皇上只在卷首題了幾個字，可是也沒有人真的看見，也就不知是否可靠了。總之皇上自稱教主道君皇帝，準備內禪，這事已驚動內外，想來宮中已無暇對畫幅仔細端詳。

前方的消息，一直不好。承茵的傔從陳進忠由翰林院書畫局開缺除名，隨著承茵將名字補入集賢院，仍在盧家宅院裡服侍徐佐郎。有一天他對承茵說：「大爺，我看要同韃子們打是打他不過的。人家的馬，比咱們的高一個頭，又成日喫著遼裡的大豆。咱家的馬連水草也不能餵飽。就是硬拚硬的，還沒有交兵，咱家先已輸他四五分！」

承茵忙說：「陳進忠，不要胡說！官廳裡聽得了問罪，說你妖言惑眾，可能要丟腦袋的！」

話雖如此說，他也滿腹懷疑。而更使他吃驚的乃是陸澹園從太原狼狽逃歸。這時已入深秋，一天傍晚承茵下班，忽然看到一人滿面灰塵，衣衫襤褸，正在沁園巷口徘徊張望。仔細看去，他穿的雖是既髒且破，卻是一襲舊綢袍，在此季節，不免覺得不足禦寒。這已經來得離奇，而他一直向著自己盯望著。待他走得近前才發覺此是與他自己小妹蘇青退婚的未婚夫。「承茵，」他懇求著：「我要你幫忙。」他將眼睛向左右掃射一遍，又加著說：「他們要抓我。」

要是這事發生在五個月前，徐承茵甚可能說：「你這傢伙，活該！」可是時過境遷；而且落井下石也始終不是他的習性。看得澹園如此狼狽，他的心裡先已軟了一半。而此時陸又再說及：「承茵，有了今年春間的事，你如果覺得我這個人真是不值得一睬，我也無話可說，只好怨自己該死。」這更動惻隱之心了。況且他還記得自己和一家以前遇到患難，也確曾得過此人支持。所以也不知還是他自己出口邀請，還是來客自附驥尾，說著就跟隨前來。總之不到三言兩語之後，他們兩人已同入盧家宅院的東邊廳房裡，而且由承茵吩咐陳進忠預備洗澡水，多添飯菜，讓陸員外在廳房裡住夜了。

及至承茵將自己一襲夾袍給他換過之後，那陸澹園才將自己如此離落的經過一五一十的道出。原來童貫手下的兵馬十無一二，諸將領互相欺瞞。現在案情揭發他們眾口一辭的加罪於他陸澹園，還指望殺了他滅口消案了事。他一逃之後，更是劣名昭彰。各人官官相護，他自己更無法出面申訴。而且這一串情形也像命中注定。總之自他入算學，畢業後被派入審計院，又被任為軍前徵信郎，再升為昭武校尉，只是一步逼一步，固然名利雙收，也是愈陷愈深，即你無心貪汙也不得不貪汙。原來官方只有向下屬勒索攤派的習慣，無政府與民間依法互惠做生意之可能。愈是國庫充實，那上面的財富愈不能下放。我朝雖制定募兵發餉。一旦有了團練保甲等名目，實際上仍是向下勒派。而且規矩一濫，所派愈是推向無力擔承申冤的門戶，於是產生虛浮缺額。所謂冗官冗兵，也在此條件下產生。人家一吃缺，你也得吃，否則只有你吃虧；人家一勒索，你也得勒索，否則你的隊伍愈短缺。這軍前徵信郎一直替人家彌補掩飾。一到事發，危機在即，也在為各人做替死鬼，他還來不及回家收拾衣冠，就得倉卒出走。

為什麼大家都知道此情形，沒有一個事前說實話，難道這麼多人竟完全沒有頭腦，不知道一張紙終於包不住火嗎？

陸澹園又解釋：當初大家都希望圖遼功成。那契丹人中有好幾個將領當中確有幾十萬真人實馬，如果把他們收編吃了過來，最少也可以將我方原來的虛額填補上四五成。不料遼將不肯上當，他們之中已有幾人來過京師，一看穿南朝的虛實，也就見風轉舵，歸順於女真人了。他又將熱茶呡了一口，反問承茵：「你聽見過郭藥師的名字嗎？」

承茵豈有不知，去年他與陸澹園相聚，即聽見他說及此人。他和趙良嗣，當時都被視作遼之內奸，我大宋之肱股重臣。不久之前那郭藥師還來京師朝覲，遍受歡迎。他看清了大宋外強中乾，即志願為大金國的先鋒。那女真人也有心計，只派他為留守，倒把他部下兵馬，編入金國皇四子的征宋行列。

兩人都沒有提及的則是澹園的婚姻，看來他與童家聯姻一事已成泡影，而童太尉尚是自己身家性命難保。但是他澹園與蘇青能否破鏡重圓，還待他們自身決定。徐承茵就想不起一個閨女，首先給人家訂親，次之退婚，而終又重歸於好的例子。所以此事慢說，刻下只算周濟難友，讓他渡過目下難關，讓他回鄉找一個偏靜的地方躲過風聲再說。於是在入睡之前他已將陸澹園前贈他的窄棉袍還敬了他，外加剛領來的官米一袋，又陌錢四千作為南回的路費，順便又告訴他沿途關卡還要注意留神的地方。

既然自己不念舊惡的寬大為懷，他就覺得理直氣壯的問他一事。徐承茵無意小心眼，卻也免不得好奇。澹園一向把李功敏當作第一知交，即是與自己為姻親時仍是先李後徐，何以今回落難卻不先求助於國子監之直講？

陸澹園面上現去一陣苦笑，他皺著眉頭說：「承茵，那國子監是不能輕易去的，他們那批太學生成日討論伏闕上書，又在各齋舍內外派出糾察，防備開封府監視，你如果近前，他們會給你百般留難，倘有三言兩語不合，他們先給你一陣毒打……。」說時他又用手撫著左額。承茵看去果然上有青色傷痕。

「那麼你見過樓華月沒有？她不是和你相好？」

澹園反著問他：「你還不知道華月的事？」承茵只默默的搖頭。

「上次郭藥師來京，」澹園即此解釋，「他們領他至樓家住夜，他看上了華月。官方正想籠絡這人，大家即向樓家交涉，預備買她送郭帥為妾，華月執意不從。當天晚上她哭了一晚，第二天早上她穿著一套青衣布裙，也不帶首飾，只是乘人不備，跳入蔡河裡淹死了。」徐承茵聽著不覺瞻望空際，心中想著，四年半前他首先遇見到這位尉氏縣來的女孩子，剛初步流落風塵，現在卻已葬身於蔡河。原來蔡河也是由尉氏縣來的閔水經過祥符匯合而成。今朝她素妝蹈水，也算完結了命運中注定的旅程。但望她能將在東京五十來個月燈紅酒綠的生活，當作一場噩夢，自此魂兮不昧，還歸於初來的純樸天真。這樣想著，他也深長的呼吸，鬆釋了自己胸中的感慨。他再低首注視陸澹園，看到他面有疑惑的樣子，又禁不住想：你是我的妹夫與否，這間廳房也是你最後能獲得周濟的出處。總算你的機緣好，還有我徐承茵和沁園巷在。

自陸澹園次晨悄悄離京之後，承茵覺得分外的寂寞。他自到東京以來的新交舊識，一個個的相繼隔絕。自己自開始習畫以來將近五年，到此已至事業的終點，要想在文筆上再打開一條出路，也是事與願違。他起先尚存著希望，有茂德帝姬的安排，他至少可以再見柔福一面。日子一久，這場想望也愈成幻影。問題是太師垮台，整個蔡家的處境也愈艱難。他再讀著柔福寄來的情詩，也只有更覺得悵惘。

天氣轉寒，前方的戰況也越為不利。他記著陸澹園講的，京城的門戶在河北；可是黃河南北全是一片平壤，無險可守。關係戰事的重點全在河東。要是我軍在太原駐紮重兵，女真人的側翼受著威脅，他們斷不敢貿然南侵，長驅直入。而我方的弱點也就暴露在這裡，河東的童蔡大軍只是有名無實。果然十二月間童貫自己已自太原逃歸。金人將孤城圍住，其主力則揮戈南下。

即在此時道君皇帝的內禪成為事實，皇太子即位，稱明年為靖康元年，而各方朝賀既畢，即有金人叩關攻城。本來女真人兵馬不過六萬，我方京軍既勤王軍號稱二十餘萬。況且偌大東京新舊城周圍五十里，又深溝高壘，守他半年十個月應當毫無問題。如果對方久曝師於堅壁之下，糧餉不繼，我軍則內外夾擊，又將他們往北的退路重重截斷，女真本來無不敗之理，而此時朝中之人謀之不臧，也實在令人扼腕。首先則城外的糧站，一矢未發整個的給敵人佔領，先造成一個彼盈我竭的態勢。次之太上皇被人簇擁南行，新皇上也受人慫恿，準備向襄鄧退避，實際鑾駕啟行在即，僅在最後有太常寺少卿李綱以社稷和祖先陵寢的名義喝止。只是京軍家小大概都在汴梁城內，現在知道首都可能隨時被放棄，已是士氣消沉。而咱家大宋平日威風十足，又是樞密院又是兵部，一到患難臨頭還找不出一個掌握全局的主帥，只有穿綠袍的李綱風雲際會除兵部侍郎節制京軍。他想要將由延安調來的秦鳳軍也併入由他調度，則未奉批准。

金人所恃無乃騎兵，但是一到城下也無能為力。次之他們的攻城砲雖能拋射幾十斤的大石塊，也仍操作不便，而且受地形的限制。除非他們長期整個的控制城下地區，持續的從容發射，不易生效，而在攻城戰的過程中，他們始終無法逼近這優勢。我方最犀利的兵器則為「神臂弓」，其實這是一種強弩，弓張也不過三尺餘，但是其兩端用檀木造成，最是堅硬；當中則用桑木，取其韌勁；接合處又用銅鐵保其牢固。弓弦則用絲麻混合編成。這神臂弓以木架固定在地面，須用兵士數人才能將弓弦拉緊控掛在機括之上，也因此每一發射可至三百步外。在其射程之內，箭鏃可以入木數寸。那金軍的一具砲架需要數十人穿著繩索攀曲投石之大木，成為神臂弓良好之目標，他們騎兵的密集隊形也最容易被神臂弓擊潰。那二月二日一早封丘門外一役，我軍卻敵，即是由於神臂弓奏效。此外我軍尚有戰車，車如木架箱籠，上護銅鐵，車上有弓箭手六人至八人，他們可以從車內放箭，敵人卻至難傷害他們。這次作戰尚未用及。

這靖康元年的攻城戰，自元月七日夜開始，至二月九日金軍北撤止，號稱三十三日。而實際交戰只有正月七日夜，正月九日整天和十八日半天，此外二月一日的夜戰延至次晨，總共也不過四五天的時光。而且由延安來的种制置使在正月二十五日即已達到西郊，种師道入城，西南各門洞開，鄉民挑負蔬菜柴薪入城，此時至少可謂局部解圍，因之都城的確切被圍並不過十八天。

正月七日敵攻宣澤門只可以算作序戰。李綱指揮的京軍稱斬首數十。正月九日敵攻通津門及景陽門，戰鬥最為激烈，京軍稱「斬首數千級」，或有誇大，但是敵軍也始終未見逼近城樓。十八日京西新募兵到達也曾與金人交鋒，未見勝負。只有二月一日晚我秦鳳軍的夜襲敵營可算戰敗。事前种師道曾諫勸稍等數日待到春分後月正圓時，但是皇上不聽，事後公佈則稱統制姚平仲有勇無謀，先期出動，兵敗畏罪逃亡，手下可能損折數千人，而次晨李綱仍出封丘門，以神臂弓奏功。所以在戰局上講大宋兵馬可稱將士用命，然則縱是士卒忠勇，我方始終未能有計畫的協定全軍　，一體出擊，擴張戰果。也不能以逸代勞，堅備不出，候敵疲憊。如此零星交鋒之後，即草率的與對方言和，承認割太原、中山、河間三鎮，派少宰張邦昌和康王構同往金營為質，又供奉金帛，才誘致金人撤兵北去。

在攻城戰的期間，徐承茵差不多能完全保持平日起居狀態，他食用儲存的官米，柴薪也有裕餘，不受市面物質的影響，只有三天買不到蔬菜肉類，他靠醃菜與醬油下飯。他雖說晏出早歸，仍每日往集賢院公署。那署中同僚上班的日見稀少，上方也未曾派他任何工作。但是一來他怕在盧家宅院裡閒悶得慌，一來他在署裡已找到一部珍本《武學七書》，正看得不忍釋手。

他這時確對皇上下詔要在軍民之中尋訪「豪傑奇俊」之士抱著一腔熱望。他雖不敢對人明言，自認習畫正字都無法出人頭地，或許在國家危困時，改習五韜七略，也未為失計。本來我大宋右文偃武，那武舉武學都沒有搞出什麼名堂，不然何以金人兵臨城下之際還有詔書令舉「文武臣僚堪充將帥有膽勇者」，如此的臨時抱佛腳？可見得非軍伍出身的要在此時建功立業，並不見得比文臣之中非進士出身的艱難。他自己讀《左傳》，即對曹劌、原軫、欒枝諸人的事蹟感到興趣，現在有機緣詳閱《孫子》，才知道兵家祕訣，無非一種不同的作風與想法，其中的要旨固然繫於生死，卻不是「膽勇」即可擔當。它包括著很多原則，卻沒有一個原則不能違反；既要存心冒失，又要到處謹慎，而且書中道及五危，「必死可殺，必生可虜，忿速可侮，廉潔可辱，愛民可煩」，真的要放棄一切成見，每次都要對當前局勢重新考究。怪不得一介武夫不能領略，即是缺乏胸懷氣魄墨守成規的書獃子又何能望及項背，而他自身的命運也已到達了這轉折的階段。

及至圍城戰接近正月底，到署之人日少，承茵開始注意每日午前午後，經常在案前的只有他自己和判院事的鄭校理兩人。他們在如廁洗手時間常碰頭。承茵之沉湎於兵書，也引起鄭之注目，一日午後，他叫承茵到他公事房裡去，開口問他：「我看到你每日忙著讀兵書，準備要登壇拜將嗎？」

承茵還以為上官責難他未顧正業，忙著解說：「我只是一時興至，而且不過管窺蠡測罷了。」

那鄭正放棄了剛前的笑容，卻帶鼓勵性的說及：「你何必如此自謙！國家危急存亡之際，有志之士本當投筆從戎，理應如此，你何必顧及那些書生的觀感，又說什麼管窺蠡測？你看那李太常少卿，也不過是一個管儀禮祭祀的官員，一朝以天下為己任，也不是在旦夕之間，成為了國家的柱石？」

他又自謂已過中年，只能「老吏抱牘死」。他成日上班還是怕朝中有替皇上起草的翰林學士在文辭之中涉及典故不能擔保毫無舛誤，需要供臨時諮商。「你看，這是什麼時候？」

他對徐著作佐郎的志向，只有欽佩。他也知道他繼續在字眼之中鑽牛角尖，沒有出路。「這不是小視你，士各有志，我早就知道你在我這院內混是不會感到舒暢的。你如果真的有志於軍旅，那李綱李伯紀也是福建邵武人，和我也算小同鄉，我們在比部也同過一段事，不過時間很短。你如果要我介紹先到他幕府裡當幕僚，我倒可以替你寫一封八行書推薦……」

承茵忙著說：「如果校理這樣抬舉我，那只有感激不盡。」

當然，當他們作這段談話時，他和鄭正彼此都不知道朝中已準備與金人議和，城牆上的軍士已奉命不得向城下金人加矢石，違者嚴懲不貸。只有金人一隊擅入种師道軍地區，被他們捕獲將其中六人斬首，金人亦無可如何。太宰李邦彥仍對金人和使說及，南朝主戰的只有姚平仲和李綱兩人。姚已在逃，朝中也即將罷斥李，以謝金人。並且大宋兵馬奉旨不得在金人撤退時追擊。

數日之後京師解嚴。徐承茵在院中，奉到宮中一個騎馬的小黃門牽著具有鞍轡的空馬一匹，說是宮中杜爺爺有請，要承茵到大內學士院槐廳去。

第十六章

他們在西華門下馬，馬交殿前步兵司的軍士暫管。領路的小璫憑著帶來的火牌，繼續曲折的引他步行入西便門，至此之後去槐廳，不及一箭之遙。路上二人少得交語。一則天氣太冷。承茵將圍巾牽扯著遮蓋嘴耳尚且擋不住吹過來的西北風。二則他猜想那大璫杜動要找他談話，必會牽涉上柔福。他們之間關係微妙，因之也不可能在這領路的小宦官中預先探聽得到有用的消息。

他這時候一直懷想：不知在大內候著他的消息是好是壞。照道理說既經此老太監見邀，應當是好，可是近時宮裡的事也常出人意外，想來也不得不提心吊膽。

而且此時承茵另有記掛：理院事鄭公推薦他為李綱幕僚的信件早經發出，而且據鄭說，前景看好。不料四日前罷李綱之旨下。國子監生員由太學生陳東率領往宣德門外擊鼓上書，恰巧那日天氣晴和，一時糾集得軍民數萬，大家喧呼著搶天震地，要皇上收回成命，罷斥李邦彥。御前派往慰問的宦官還無法分辨，即被眾人攫著一陣毒打，打得或死或傷，至少有五人陳屍闕下，一時群情激昂，大眾尚不肯散。只待御旨再度傳出：李綱准予復職。今日之事出自各人公憤，亦不追究，眾人方散。事後傳說紛紜：也有人說這場傳話仍不過官方釜底抽薪之計。那肇事的太學生與亂民仍是遲早有下開封府獄，所以三數日內人心惶恐，群情動搖。此時他與小宦官並轡而行，也可能引起一段是非。幸虧這天天氣異常寒冷，西華門外行人稀少；也沒有人對他們特別的關懷。

及至進入槐廳領路的小璫仍攜著火牌，逕往門房休憩。另有傔從引他進入前次出過的側面廳房。他還未入內，即已聞及柔福的口音。這是你朝夕縈思的人，你也和她交換過情詩，你尚且在她五姊跟前談過兩人的婚嫁，只是你和她一別經年，天涯咫尺，始終欲見不能。你又還記得年前給她一吻，似乎給她一些不愉快。這時候她又再度出現於你的跟前目下。然則一方仍是天潢帝裔，一方則是末級小官，這情形如何處理？徐承茵難於確定此時自己心頭滋味。幸虧室內溫暖，給他換了一口氣。

而且柔福仍是和昔日一樣的明快俐落。她將室內各人分遣支派得全按自己心計。「杜公公，」她自先對杜老太監說，「這是徐著作郎，你去年見過的。」承茵向她長揖身鞠躬。她又對為杜勳服侍搥背的小黃門說：「王平，我這副暖手不中用，你拿著到蘭薰閣裡當值的大姊處換著我在牀頭几案上副棗紅色的來。公公不能無人服侍，你快去快回。」這樣打發了那黃門小監，她又用手揮著承茵去她自己跟前，兩人還是站著，卻去杜勳的坐椅有了五六尺的距離。然後她向承茵瞅了一眼，說著：「不要撇他，他現在誰是皇上都搞不清楚，你只要說得快一點，給他一個真正裝聾作啞的機會……」

她還在說著，不料這時候杜勳的眼睛大開，他對著承茵說：「你徐畫學呀，聽說你陞了官，恭喜你啦？」

這樣他明明的甚為清醒，一時承茵不知何去何從。柔福趕緊建議：「恭維他。」

承茵朝著老太監大聲的說：「托公公的福，不過從九品到八品，也還是芝麻小官。只有像公公這樣子的德高位重，又是福壽雙全，才每年每日都當恭喜稱賀。」他見著這中侍大夫面帶微笑，又在閉目養神，才放心轉身向柔福問及：「我去年那首打油詩他們到底一遞交與你沒有？」這樣子才把擱置了幾個月的情結重新拾起。

「塵音葑草塞，虛里蕊箋香」，柔福一有機緣又表現了她那淘氣的神情。望著她那酒窩在面上隱現著，徐承茵禁不住心懷盪漾，把這一年來相思之苦化為作烏有了。可是胸中鬱積著的一個問題，也不待思索，只是信口而出：「那你為什麼好幾個月不再給我一信呢？」

「徐承茵！」柔福正色的說著，「你那首詩，凡是宮中識字之人，統統讀過。只是當日三哥當權，正要捉拿作詩人，接著又是番番退位，大哥當家，局勢朝夕不定，如果有任何差錯，要不是你就是我！」

她剛一把聲音提高那杜太監動又張開眼睛，說著：「徐畫學，聽我說的，不要和念小姐鬥嘴，那萬歲爺爺都說可以，那就遷就一點好了。」

柔福向著他大聲說著：「公公放心，他一定會照我的意思畫！」她回頭又悄悄的向承茵說：「他還以為我們在繼續在畫卷上的爭執。」說著她又把承茵牽扯著離太監更遠一步，接著再說：「番番剛退位，他就說：『我一生想看四明山水，只是沒緣，今日做了太上皇，也可以說一遂生平之志，正是無事一身輕，不妨往江南逛一陣！』他也不待公家區畫，只帶著隨從數人去東水門自己僱著船南行。可是你知道怎麼樣的，一會子蔡攸也來了，童貫也來了。凡是新朝廷不容之人都攢集在太上皇的行列裡。番番又有什麼辦法？難道還把他們推下水去不成？如是浩浩蕩蕩人也越多，船也越多，這樣子京裡謠言也來了，他們都說太上皇被不逞之徒包圍，佔據江都，要截斷京裡的郵路漕運，準備復辟！」

「這真是豈有此理，」承茵抗議著，「難道太子——我說新皇上也相信這一套嗎？」

「大哥不如三哥，耳朵根子軟，這是有的，但是還不至於如此糊塗。只是他不像三哥，手頭還沒有抓到登寶座的本錢，不得不聽近旁一些人的。你上次在五姊處，她不是和你講到『為君難』嗎？」

承茵默默的點頭認可。柔福繼續說：「我們做皇妹的，則只怕有何差錯，被人抓住把柄，被指定去和番，嫁給一個像呼韓邪單于的酋長似的！」她說時眉黛之間表現著千百種卑視厭惡的情貌，好像那呼韓邪其人業已逼近跟前，又是茹毛飲血，又是一身腥臭。

承茵忖想：此不過這淘氣的小妮子借題發揮，她不可能論及真人真事。一聽到呼韓邪之名，他幾乎失笑。也正在此時帝姬又是杏眼圓睜。她著重的說：「你要知道當今多少人要挾天子以令諸侯，什麼勾當他們幹不出來！」

這樣看來強迫帝姬下嫁番王，又事似可能了。他記著曾經聽說漢朝畫官毛延壽，把一個絕代佳人王嬙只畫得去和番。竟想不到這上古之事也可能出現於大宋，而又影響到公主帝姬。只是此段胡思亂想，不便夾入談話之中。倒因為剛才提及五姊蔡家，於是接著又問：「那五姊一家情形到底如何？」

柔福只是搖頭。她說：「看樣子大勢不好，新朝廷總要找出一幅忠與奸對照的楷模。她的家翁首當其衝，三個哥哥也不能免。現在抄家是抄定了。只看一家老小如何發遣。還望我家大哥留情，不要使五姊夫婦一道遭殃。」

「但願如此，」承茵說著。他又問：「今日這裡會見是如何安排的？」

「事也湊巧，」柔福面帶笑容，掃除了片刻之前的憂色。「昨天我到御書房裡翻看書籍消遣，恰巧大哥駕到。這還是他登極以來我們第一次見面。他說書架上有一幅圖卷，叫做《清明上河圖》，裡面夾著一張紙條，上書：『恭候御製序，並詢柔福帝姬』，究竟是怎麼一回事。我說只有書畫局裡一位畫學諭和杜中侍大夫才知道原委，只是他們去年在槐廳見面，我也在場。如是經他許可邀你入大內商詢，給我們見面有了一個藉口。現在我回說據你所知，太上皇禪位前已決定只在卷上題一個畫卷名稱，免了御製序。人家問你，你則說據柔福所說如此，這樣子我們也可以交代過去了。」她又想及：「也是昨天派人到書畫局裡一問才知道你升調集賢院。院裡新工作如何？」

承茵嘆了一口長氣。「只是一言難盡，我想作詩、畫圖、正字，和做文章都是好事，只是一成為利祿的階梯，也就興味索然了。我想我在這些門道上做事，也做不出什麼結果的。這已不是我生涯中的要旨。現在我心目中第一要事還是你。」

說到這裡柔福的臉已經紅了。自徐承茵第一次見到帝姬以來，只見得她指揮各人，得心應手。面上表情與嘴裡言辭總是明快俐落。今番的羞怯情貌，實是前所未有。他瞧著愈加見愛。至此他倆已是心心相映。他已經知道自己問題的答案了。但是他仍追著問去：「我不知究竟在你心目之中佔何地位。」

柔福依然滿臉暈紅。她在玩弄左手上的玉環。嘴中卻慷慨陳辭：「在天願作比翼鳥，在地願為連理枝。」她在含羞與吐實之間有了無限的嫵媚狀態。

徐承茵禁不住心花怒放。若不是中侍大夫杜勳在場，他甚可以抱著心愛人，帝姬也好，自家小妹及任何人也好，只是一陣狂吻過去。今既有約束，所講的話也隨著另指一個苗頭。他抱怨的說著：「這話不出自你口，我無法知道。你記著上次我給你親嘴被你一手推開，還被罰閉門思過三個月。」

「徐承茵，」柔福抬起頭來，她把自己說成一個第三者。「你要她怎樣？人家還是一個十六歲的閨女，又生長深宮，難道經你貿然一擁抱，立即說：『如此甚好，讓我們像卓文君與司馬相如一樣來個私奔？』」她剛說著，又記起在旁的杜勳，於是用肩蓋遮著，左手拇指後指，低聲說著：「怪不得人家都說咱們是兩小口子，見不得面，一見面就要頂嘴。——不過你也要給人家一段時間思量呀？」

「柔福，」這是他生平第一次如是稱呼她，說時卻很自然。「我對我們的事也不知思量多少次了。本來我現在在集賢院的事，也算是八品官，如果按最近轉班序遷的辦法，也可以候得半年十個月請求外放作縣令，薪金收入雖不能和你天潢帝裔的較分寸，卻總也能餬口，況且我們也可以玩水遊山，不受這些京裡的束縛，我想你衷心向我，我們怎可以放棄這套駙馬賜第和白銀萬兩的恩賞。可是問題也在這裡：如果我們這樣一提出，馬上就要引起人家的疑妒。不僅這與成憲不符，還不知你這群姊夫如何話說。很可能的，他們寧可讓你嫁給那呼韓邪的左右賢王為閼氏，也不願你念妹歸於我這三代無名的徐承茵。那樣子才真的降低他們身分。」

當承茵說及不較富貴榮華時帝姬點頭認可。但是他說得作外任官打破成例時她也知道事與願違，只是搖頭。大概那中侍大夫杜勳知道他們兩小口子所議事不涉及畫圖，也就不聞不問，仍是閉著眼睛養神。

「我所怕的還是那些監察官員，」他又繼續說下去，「他們不相信我淡泊明志，還要說我以駙馬皇親的身分割據地方，構成封建。罪名一下，先殃及於你。現在番番已經禪位，他們真可以把你隨意遣派。」

「你上次說那柳永無心富貴，」他凝望著她說著，「我的情形是反一個面，我是環境逼著我追求富貴。」那柔福帝姬見著似有不信的樣子。

說到這裡承茵已是開懷一笑。「我準備做真的駙馬——你知道，」他用手攀著柔福的右肩，她轉過身來，和他更接近，卻用食指放在嘴上，叫他把聲音放低。他如命快說：「漢朝駙馬，拜駙馬都尉，實際參與軍事。我已下了決心，以軍功起家。本朝太祖，即我家裡祖先也都是由軍功起家。如果我一有成就，向皇妹念小姐彰明較著名正言順的求婚，人家才沒有話說。」

「你，你一介書生，經常不為已甚。這時候以軍功起家？」

「我被逼如此，只有破釜沉舟。」他把自家修習兵書，鄭正介紹他先到李綱處任幕僚，朝中鼓勵文武官員任將帥的各節告訴了她，一隻眼睛仍注意著杜勳。他又說明，現今的取軍功只要指揮武將，不必自家帶兵。並且據他看來，李綱確會復職，因為金人不比遼人，你想不打他，他偏要打你，所以朝廷遲早還得用兵。他又說起自己有一個傔從叫做陳進忠的起先怕打韃子，現在聽說他大爺也要從軍，已經苦苦央求，要大爺收他作家丁。他問她意見如何。自己的打算則是一旦取得軍功，本來也不求厚祿，只望把那淘氣的小妮子娶過來，以便成日與她鬥嘴。可是那時無心富貴，做了駙馬，寶貴仍是逼人而來。

她的眼神隨著他說的上下。「我心中矛盾，」她說著。「一方面確是別無他法，一方面我又不願意你為著我冒不必之險。」

「我不會的，」他又是一笑。「你喜歡唐詩，我唸一句給你聽：『聖代即今多雨露，暫時分手莫躊躇。』只要你耐心等著我。不僅呼韓邪不嫁，即是曹丕、周瑜、魯肅來求親也一口拒絕，只是不要忘記真心愛你的人在。」

她回說：「恩情逾河嶽，黽勉焉敢忘？」

「我也一樣。『但教心似金鈿堅，天上人間會相見。』」他說著以代山盟海誓。不過這句唐詩有不祥的含義，他脫口而出，有些後悔。幸虧她沒有注意。她說：「我想你該走了。——但是你先站著在這裡，只是不要動。」

她說完走近杜太監一步，指著對他說：「公公，你看那屋簷上的麻雀——」還在說著，她迅快的回頭給徐承茵一吻，他剛感到，還想趁著伸手擁抱，她早已脫離他兩手之所及。只是那杜勳並沒有被她圈套得上。他帶責備的說：「喂，念小姐，你不守規矩，旁人聽說可不得了的，還要追罪於老身。」

柔福走上他跟前好像一切偽飾至此已無必要。她用食指再度擺上嘴唇，即相當大聲的說：「所以公公自己不要對外人張說，如果尋出差錯來，公公首當其衝，他們確實要指問您的。」她回首向承茵說：「你告辭吧！」

「只是我還有一個問題，」承茵追說著：「那《清明上河圖》裡的丫鬟角色你看過嗎？滿意嗎？」

她抿著耳邊的頭髮不經意的說著：「大概見過，無所謂。我對那事已失去了興趣。」

「你真是淘氣的小妮子，」承茵說著，把圍巾披上。心裡想著為了這畫中的角色，驚動了君臣上下。她把內外鬧得天翻地覆，自己也南北奔波，甚至心魂顛倒，還不是由於這畫中角色而起。現在她卻說多一事不如少一事，她已失去了興趣……。

第十七章

靖康元年二月金軍北撤，大宋朝廷卻陷在一個左右掙扎的局面裡。原來言和的條件包括割河東三鎮，罷斥李綱，重用主和的李邦彥。及至陳東上書，都民響應，朝局又不得不作一百八十度的轉變。尚怕金人見責而立即交兵，所以先派李綱前往揚州追至鎮江，迎接上皇回京。這一差使使李綱暫避金人耳目。朝廷也趁著這機會將太上皇原有寵臣一網打盡。舉凡童貫、王黼、高俅、梁師成、朱勔等或明正典刑，或稱旅途暴斃，遇盜被害。即是徐承茵與柔福帝姬稱為「五姊」的一家包括太師在內也無可倖免。後來據稱蔡京在長沙身故，兒子蔡攸、蔡絛和蔡翛也在類似情形之下殞命，其他子孫二十三人則一律流放於海南島。只有五姊與五姊夫因著大哥皇上額外留情，未被遣派，仍然帝姬和駙馬如故。

只因這場差遣也使徐承茵的更換職位拖延了三個月。本來京城四壁防禦使知樞密院事李綱接到集賢院領院事鄭校理的力薦，準備立時召見徐著作佐郎。無乃即在準備召見的那天，李自己奉命南行，等他將太上皇一行安置妥貼，得以重新籌備京內防禦事宜的時候，已是仲春。直到此際徐承茵才蒙召見，總算得他應對得體，見後被派作進勇副尉，帶正七品官階。

當他向鄭正道謝辭行時那鄭校理說：「你去的好！我們守在這裡管文墨的事是做不出什麼結果來的！你看著：月前方有旨再用詩賦取士，罷《字說》及王安石諸等邪學，連以前的殿試都撤銷不算數，今日又發下御史中丞陳過庭的一本，參祭酒楊時矯枉過正，說什麼王學不王學要詳察其內容，參合使用！這只有使人無可適從，文章還做不出先有一肚子的惶恐！還只有你識時務者為俊傑，投筆從戎的好！」

其實徐承茵無法明言：即在他被李防禦使召見的那一天，他已立即發現軍中之事也不如外間理想。

「徐承茵，」那防禦使先說著，「你要知道在我這裡做事。第一就要有耐性。軍隊裡的事重絕對服從。比如說前次我們在景陽門外已經把女真人逼到壕溝邊緣上去了，可是朝中有旨，我們還是只能收兵。即是二月間女真兵北撤，他們的人馬擁擠在黃河渡口，也沒有可守的地障，那時候如果讓种經略的大軍給他們側面一擊，保管也可以打得他們落花流水。也只是為了朝廷和戰大計，只好將這天載良機忍痛的放棄。所以軍事上的行動只能由上面作主，這是天經地義，萬死而不能轉移的原則。」

承茵心中想著：難怪前方士氣消沉。古人不是說過，將在外，君命有所不受嗎？可是他果真在這初度被召見的當前即提出異議，抵觸主帥，難道還有被錄用的可能？他偷偷的吞下嘴裡一口涎水，眼望著那防禦使領間綴著皇上所賞戴的一塊藍玉，口中說著：「是的，樞密大人。」

防禦使又繼續說及：「我看過你讀的兵書名目。你的自敘也見過了。你讀的書也已經挺夠了。今後的要點看你能不能行。我不承望你實際帶兵去衝鋒陷陣。那樣具匹夫之勇的校尉，我部下又何此千百把個？也用不著向外搜羅了。我要的是協助我指揮的幕僚，做我的股肱耳目。我如果派你到各營各隊去，要哪一營固守前線，哪一隊側面包抄，你要能替我解說得處處得心應手。你給我的口頭報告，說及前方戰況也能處處存真，毫無欺假。你要知道我們的京軍不足恃，各路調來的兵馬連編制和名目都不同，這是一個極為艱難的局面。」

徐承茵對大軍的前途失望，對這面前的知樞密院事的防禦使個人，卻只有景仰。他忙著回答：「是的，我知道，吳總管已和我說及。」

「他已經告訴了你嗎？那很好。」防禦使又再提及：「吳自誠讀的書不多，可是他老成，經驗豐富，你現在受他節制，要到處留神，虛心隨他學習。」

「這是一定的，樞密大人用不著為此操心。」

那李綱防禦使不斷的捲著袍服的右袖。再說：「至於書生談兵，你我都是一樣。上月我呈皇上的奏呈劈頭就說及：『臣書生，實不知兵，在圍城中不得已為陛下料理兵事。』」說到這裡他也想到，像徐承茵這樣的年輕人志願從軍即不可能對自己的事業前途沒有一段憧憬，只是嘴頭不便說，也不能寫入自敘文裡而已。這時候只有為他上官的就便提到，表示此種要節並未依此忘懷。可是他也不能預先給承茵任何保障，所以他說：「至於功名富貴，不是說不當考慮只是無從預為籌謀。那大半還要靠各人的運氣。不管你任主帥也好，當幕僚也好，當你好運來時即是你要推辭也推辭不掉的——」

承茵心中忖想，他豈不是在自身說法，要我照他的榜樣做法？這時李綱又在引用唐詩：「你不是讀過王維所寫的，『衛青不敗由天幸，李廣無功緣數奇』嗎？這類事在軍中是常有的，我們只能自識緣分。」

這樣他鼓勵眼前的年輕人向燦爛光明的方向看去，卻沒有給他任何空頭擔保。徐承茵頻頻的點頭，表示衷心領略就教。

「至於武藝，」那防禦使又說著，「那不是最要件。我已經說過，我不承望你去斬將搴旗，可是也不當全部忽略。」說著他站了起來，承茵隨他起立。召見到此，徐承茵已深切體會到這京城四壁防禦使確是一個敢說能行之士。他的召對，詢問及被召見的人話題少，自己講解的多（一方面也因為他仔細看過承茵的自敘）。他經常的在捲衣袖，暗示著剛說要做，就準備動手。這時候他又說：「舉凡弓箭刀槍等等，你在我署裡就多少隨人學習一些，一則可以防身壯膽。二來也可以助長士氣。你要知道，他們這批武臣，一直討厭我們文人只說不做。我不責成你越俎代庖，干預到他們分中之事。可是要適逢其會，遇到局面上需要我們一顯身手的時候，我們至少也可以要出他一兩手，也讓他們知道我們可以與他們同休戚，共生死。那樣子他們才心悅誠服。」說到這裡他雙目估量著徐承茵全身，又問：「你馬騎得怎樣？」

「只算平常，」承茵想不出更好的回答。隨著他又補充一句：「能夠稍微的跑幾步，不像完全初學的人，不至於雙手緊抓著馬鞍不放而已。」他說得如是剴切，連李大人也笑了。

不過李大人立即言歸正傳。「你讓吳自誠替你安排，多多練習一下。一個文官任武職，連馬術也不懂，在馬上彎腰駝背的，那就先給人恥笑，怪不得人家不把你看著算數了。」

承茵趁此機會插入：「樞密大人。我有一個傔從叫做陳進忠的，曾隨著我多年，他曾在大名府馬苑裡照顧馬匹，我最近才發覺他馬也騎得內行。可不可以讓他在署裡補一名二等驍騎？」

「你應當向吳自誠建議，」李防禦使冷冷的回答。稍隔一會他又修正自己：「你和吳自誠說，只要他馬確是騎好，那就讓他補好了。」

徐承茵的從戎有了陳進忠的追隨，可算是一個意外的收穫。他自己準備調到防禦使置的時候還叫著他過來說：「陳進忠，大概十天半個月後我可以調派到京城防禦使公署裡去，這次你不必隨我去。我預備和張司務講，要他派你服侍院裡的另一位師爺。」那陳進忠立刻抗議：「大爺到那裡去，咱家也到那裡去。你就到防禦衙門也要人服侍的呀！」

承茵還在開說：「那邊的情形不同，防禦使署管的是打仗，軍中的差遣也隨時都可外調。」

「外調就外調。大爺能吃苦，咱家還吃不得？大爺打仗也少不得幾名家丁呀？」

承茵笑著解說：他去的不是當帶兵官，只是任幕僚。可是夜風曉露，僕僕征途與翰林院和集賢院的情形完全不同；而且戎馬倥傯，決沒有京內的安穩，無奈陳進忠執意不從。及至徐承茵說至今後他的隨從喚作馬弁，不僅要料理行裝，還要整備照顧馬匹，那陳進忠張著臉一笑，露出一嘴黃牙。「大爺，」他說，「咱家十二歲入馬棚子，在馬圈子裡長大。那馬圈內的事，凡是飲水飼料，洗馬刷馬，戴草龍頭，繫肚帶，換蹄鐵，你大爺只要隨口道來，那一句當咱陳進忠沒有幹過？」

「那怎麼從來沒有聽你說過？」

「你大爺沒有問過呀。」

過了幾天他又問這傔從。「陳進忠，前些日子你不是說過和韃子打仗是打他不過的，為什麼現在又要隨我去打仗呢？」

他回答：「要說在北方同那韃子找脾絆，動刀槍，那是要不得的。於今他們殺到咱們南方京裡來了，那就不應該再與他們講和了。你再不同他打，他就把咱們一夥子垛著去當壯丁，派在韃子營中任步卒。那他出起兵來，咱們中國人打中國人，那才吃霉頭呢！」

承茵暗笑。連這個「籮筐大的字也只識得兩三擔」的傔從也知道如此大義，豈不叫朝中主和的大臣聽著愧殺？至於把開封府也算作南方，那倒是從來沒有聽說過的。

還在候著李綱防禦使回京的那段時間，有一日承茵帶著陳進忠往萬勝門內馬廄租得兩匹跑馬，往近邊馳道上一試。果然陳進忠所說非虛，他能夠馳騁自如。而且他好像通獸語，那馬匹經他一噓著吆喝，也就俯首貼耳的聽命。這是一場新發現，以前斷沒有想見及到的。

自經署裡給他補上驍騎的名目，穿上號衣，徐承茵又有了吳自誠總管的關注，於是他們兩人經常不時往騎兵營裡借索馬匹去操場上習練。以前承茵還只想著騎座奔馳，自己的身腰跟隨著騰伏；至此他學會了主動的上下，策勵著馬匹按照他自己賦予的節奏奔馳。「大爺，」陳進忠又給他若干啟示，「轉彎不要死拉韁繩。你拉得太緊，那馬反使性子，不肯將就了。你要用腳蓋骨和腳尖，一前一後，幫著他的身子折轉過來。」漸漸的他體會到要馬騎的好，只有膝蓋骨和腳尖貼在馬背上，並且要或緊或鬆。上體則和馬頸一樣的靈活自如。日子一久，膽子大了，他更練習快跑時突然轉彎，倏忽的停止。有一次他被摔下馬來，幸虧心中有數，未被摔傷。他以前沒有想及的，馬能正步斜行，也是騎馬之人造詣高深的表現。當他策馬緩著斜行的時候那操場的軍士都向他睜著眼看，他自己心目中也知道這是一幅曼妙的圖畫。他心中高興，因為他記著自己曾告訴柔福，「駙馬者漢之駙馬都尉也」。

他也和那些步兵教官學兵器。承茵原準備和一般士兵混合的學，那些教官不允，因為他們要給每一個人的動作個別的糾正錯誤，不樂意給副尉在行伍中丟失面子。至此承茵也發現了，不論是弓箭刀槍，一個最基本的原則，即是使用兵器之人先要避免暴露自己的胸膛。所以總是左足正前，右足正右。那胸部即斜傾向右，只有左肩左肘向敵。而且腰部總要稍低，以預備隨時躍起。除了弓箭之外，使用其他兵器總是攻防一致，想要加害於敵，則先要防避敵人加害於我，此中佯動也很重要，一至防得奏效即要乘著敵方抽兵再來之前的一瞬間改守為攻。這樣子一步未完就預想到第二步。用槍不僅要一刺，還要隨著槍身一衝；用刀也不只一砍，還要在砍後將刀使勁一抽，否則傷敵不深使他困獸猶鬥，最為危險。聽及這些徐承茵有時覺得心寒，有時也覺得舒暢。他高興的是這些課程真的能使自己壯膽。他練得久了，知道自己一旦臨陣不致於完全心慌。

李防禦使有閒的時候也親自與承茵講解一些敵我慣用的攻守隊形與陣容。事後想來他如此苦心孤詣的提引後進，也是想把徐承茵訓練成為自己的「家丁」。本來軍中之事愈是死生所繫愈使長官與袍澤互相蔭護在各處造成系統。不久之前承茵尚聽到吳自誠總管說起：「正月用兵我們吃虧就吃在沒有自家人這一方面，聽人家的報告，什麼都靠不住。」所以徐承茵縱是和防禦使一樣只是書生起家，反因此沒有舊屬長官與同僚的牽掛，可以專心在他麾下服務。也沒有人能說他帶偏見。當京軍指揮頭都等人來謁的時候，防禦使也喚承茵出來相見。他和吳自誠又數度參加他們的聚餐。總之人人知道他們是防禦使的心腹。他日在戰場上發生功用時即用不著再為關注。

徐承茵從軍的目的在於建功，以便獲得名位與柔福成親，而且要愈快才好。現在他為幕僚，那不是問題之重點。只要他一心為防禦使竭忠效命，將來奏功的時候不怕被埋沒。而且他所謂軍功也有一個廣泛的涵義，不僅是所謂斬首多少級。可是縱如是，至少也還是要與戰事相連。目下金人已退至永定河北。要我大宋兵馬勞師遠征，那是不合實際，即陳進忠也已看出。既然如此則只有讓金人捲土重來以皇都一帶再作戰場了。這是不是一個合適的想頭呢？他徐承茵也眼見年初敵我在近郊交兵之後，各處瘡痍未復。來往的文件尚且說及軍民遺骸要全部掩埋，可見得還有若干未埋。如果此時敵騎又再度兵臨城下，我方則不免再來一度堅壁清野。那麼剛覆蓋好的茅舍又要再成灰燼，鄉民之餘糧又是升斗無留，那又於心何忍？豈不是存此想望也是不仁之甚？然則徐承茵如何得建軍功？又憑什麼可以叮囑柔福帝姬忍耐的等著？

轉瞬已是春去夏來。有一日承茵從步兵營裡練刀回來，他還吩咐陳進忠備水洗澡，這時已有吳總管來告。「徐副尉，」他喜氣洋洋的說：「天大的好消息！皇上已任命我家大人為兩河宣撫使，這是大帥的名位！凡是河東、河北的軍事一概聽他調度！我們不出三五日就要駐節於河陽，還要預備收納各路調來的兵馬，你趕緊把自己的事收拾妥當，我們一說開拔就要開拔！」

徐承茵在京裡無甚私人之事，他所訂製的一襲斗篷，要縫衣匠連夜趕工，他在修理的馬靴，也要陳進忠即日取回。這些微屑之事都不足道。可是那宮中還有那淘氣的小妮子，曾有山盟海誓，現在行軍在即，怎能說毫無牽掛呢？有了上次的經驗，他又不敢再遞匿名詩，他於是寫了一封短緘，外稱「送呈大內中侍大夫杜動啟」。內稱：「卑職畫學諭徐謹稟，祈代陳蘭薰閣柔福殿下，職奉命隨兩河宣撫使李北行，今後有關《清明上河圖》未盡之事，祈賜示河陽軍門進勇副尉為禱，恭候尊安。」他料想此信息以軍郵付出應可由杜動太監轉致帝姬。即被截也不會惹出亂子。

又料不到他們離京赴河陽前夕有宮內小璫發送一封回信，內具芳箋，一看即是柔福的筆墨，內有〈滿江紅〉詞，用下平麻韻寫出：

山河帶礪　面臨著　暮雨朝霞
怎奈得　地北風雲　天際胡笳
壯士有懷難報國　匈奴未靖不言家
旦夕從戎投筆去　逐玉花
涉易水　歌燕市　荷畫戟　駕輕車
黃蘆出塞　度幕何顧星沙
辭廟今朝序末班　奏凱明日冠京華
凌煙自繪　匠意英姿　兩無差

承茵讀著手中仍執著柔福的梅花箋，眼睛則睇望窗沿，想像意中人作詞的情景。本來〈滿江紅〉這一牌名，前人斷句、押韻各有不同，甚至字句多寡也不一致，有些人即以為大可以由填詞的人創意。但是這詞牌內第三、七兩行須對仗，而且麻韻也缺乏轉韻的字眼，所以不如想像的簡單。只是以一個生長宮中的小女子，能寫這樣的文字，也至為不易。以「壯士」對「匈奴」，又不免令人發笑。文句仍多柔福喜愛的倒裝法，如「山河帶礪」和「從戎投筆」，所以雖沒有她上次那樣「杼裏」的簽名，一看即知仍是出自她的手筆。又有接連三個仄聲的文句，「怎奈得」，「涉易水」

和「荷畫戟」，讀來有「插、插、插」的感覺，一方面提供行軍的情調，一方面她也表示獲悉他從戎的情形，表示一意支持。她自己受唐詩的影響重，如「逐玉花」，典出於杜甫的〈丹青行〉，內有「先帝天馬玉華驄」之句。「黃蘆出塞」卻仿王昌齡〈塞上曲〉內中「處處黃蘆草」的描寫，此外她讀司馬遷書必已留下深刻的記憶，不然「涉易水」、「歌燕市」不能平白的道出。二者出自《史記刺客列傳》。「度幕」據詮釋係橫渡沙漠，又出自《匈奴列傳》。這樣看來她之景慕前人慷慨悲歌，與自己同，必定也在欣賞他的有志在軍中建功立業。所以「辭廟今朝序末班」，還是職卑位微，「奏凱明日冠京華」卻已出人頭地了。而且全詞最帶創意的地方，還是最後一行。她知道徐承茵能作畫，就鼓勵他來日煙凌閣圖功臣像的時候作自繪像，讓他藝術家的造詣與年少軍官爽颯的容貌互相映證，都趨上乘。這樣看來她深切的瞭解他自負氣節，不願以便宜的作法去贏得她天潢帝裔。

他雖不必一字一句如字面所說，渡易水，去度幕擒匈奴單于，總之——。

當陳進忠捧著他的新斗篷入室時發現他的大爺在自言自語。他說的是：「總之我只能有進無退。」

第十八章

靖康元年夏間是進勇副尉徐承茵生活之中最充沛著希望和最具有活力的一個階段。因為河東將士拒絕交割三鎮，與金人的戰事已經重開。金人兵馬全部由北至南，雖然陷朔、代各處，卻攻太原而不能克，仍以一部圍城，主力則繼續南侵，遠至潞州平陽府。大宋朝廷除令太原將士堅守城池之外，又讓年初勤王的姚、种兩軍從河北通過娘子關山地，從東至西，進擊對方進兵線路的中點，看來要將他們的後路截斷。大將姚古與种師中彼此出自山西巨室，數代掌握著兵符，看來只有將士用命。即使他們只與對方打過平手，也仍有我方在河陽基地糾集的大軍，足以撼金人之背。所以敵將勞師遠征，只顧長驅直入，犯了兵家所忌。果然八月間我軍捷報頻傳，凡太原之東之南，壽陽及榆次都已相當收復，圍城則仍在堅守之中。

此時在河陽宣撫使公署的徐副尉，每日騎得一匹高頭大馬，腰配一把新製的軍刀去接見各處先頭派來的指揮頭都，安排他們謁見主帥宣撫使李公的次序，指示他們部隊來時應駐紮的區域。一方面也如李公所指示，先和他們廝混得熟，以作戰場上聯絡的準備。他們見得徐承茵英姿颯爽，都以為他是軍中宿任的年輕校尉，殊不知他僅在四個月前仍是一個在書中畫裡掙扎，兩頭都不討好的文士。

那吳自誠總管，卻洞悉徐承茵急於獲得軍功。他即此叮嚀：「你好生協助咱家大帥，讓他旗開得勝，等到局勢明朗的時候則要大帥給你一個帶兵官像指揮一類的頭銜，那時候名正言順，就容易向朝廷請賞了。」

承茵尚在懷疑：「那兵部會得批准？」

「一切看前方情形而定，」吳總管肯定的回答。「要是太原站的住，給金人打個大敗，那麼什麼兵部與樞密院也要讓咱家大帥三分，要不然我就不知道了。」

這時候徐承茵全未作退敗洩氣的打算。尤其他在八月初隨著李帥巡視懷州見到各處製造戰車修葺城垣之後，他心中充滿著喜氣，甚想把一派看好的情景通知柔福，只是缺乏傳遞的門道。那通過杜太監的路線則仍是要留著作緩急之用。再回想來，他和她既有「恩情重河嶽，黽勉焉敢忘」的相知，那帝姬又已對他自己獲取軍功的打算全力支持，則暫時將好消息壓著也未為非計，這樣遲早還可以給她一場驚喜，豈不更好？她給他的一紙梅花箋，則只是看來看去，至難歇手。每一讀至「辭廟今朝序末班，奏凱明日冠京華」時，總禁不住心頭微笑，則十次二十次後依然如此。

只是戰局的展開卻偏出人意外，太原附近的攻防，我方終是先小勝後大敗。以前很少人提及：那熙河經略姚古，我方大將之一，即是二月初在京城近郊被稱好大喜功夜襲敵營兵敗逃亡的姚平仲之父。他的兒子既被斥為輕舉妄動，做父親的則不得不特別謹慎將事。於是這次在太原之失利也就處在他姚古的擁兵自重，遲滯不前。另一大將河北制置使种師中則為老將种師道之弟。他的部下前在二月間金軍北撤時曾經苦苦央求要在敵方無從防禦時將他們在河岸殲滅，朝廷只是不允，指令不得放射一矢。現在半年之後，我方所處地形不利，反責成他們硬攻，再加以供養不繼，因之也士無鬥志。況且朝廷更不顧指揮系統，讓大帥宣撫使有職無權，卻派出一批監察官去干預到下屬各指揮官之細處。种師中被逼著在友軍逗留士卒飢餒之際出陣。他氣憤著前往，身中四創而歿，於是兩軍皆潰。徐承茵應當知道此情景。兩年之前陸澹園曾和他說及：「打仗就是打士氣。不是敵方先潰，就是我師敗績，如果不能先聲奪人，只有兵敗如山倒。」現情確是如此。

李宣撫使在河陽的基本部隊本來只有一萬二千人。原望各州各路的兵餉接濟。至此兵也不來了，餉也不來了。如按以前的計畫，太原固守，山西的野戰佔上風，河陽的宣撫使署不日召集得大軍，皇都固若金湯，那又何患無兵？即是一州四五縣，每縣的團練一兩萬人，百萬大軍瞬息可以湊得，而且那時人人奮勇，個個爭功。現在太原棄守不過遲早間事，京師側門洞開，誰願意為此破爛局面平白犧牲？於是尚在的士兵逃亡，原來已逃的為盜為匪，也不聽召呼歸隊了。即像河北義勇都總管宗澤，可算一個特殊情形，因著他輕財愛士，手上能掌握著數萬敢戰之士，至此也只能以子弟兵的名目捍衛家鄉。要是調離磁縣相州一步也要臨風瓦解了。

朝中原來不少的主和派，一向在叫嚷著不當以主戰備戰的聲調激動金人；現在他們的聲調更是高昂。也有人說及：言和早在進行之中，朝廷之派李伯紀為宣撫使，只不過是緩和主戰派一時之計，其實各路和使已早絡繹途中，不僅見及對方將領，也由陸路海道及於女真朝廷。在八月杪的一天，李宣撫使奉召返京，他在河陽的部署有如召集部隊製造兵器立即停止。他和吳自誠，徐承茵帶著各人的馬弁倉皇就道。及至汴京，才知道他已改派為揚州知府，並且須星夜赴任，必於次晨離開汴京。

承茵只有隨著主官前往揚州，不然還有何項出路？而且到此誰都知道他是李大人的心腹，即是他想另找門徑也無去處了。他胸中的一樁要事則是通知柔福，希望獲得她的諒解，也更要使她知道自己的下落。當他隨著李大人去兵部銷差的時候，他知道部裡的駕部驛置案管軍郵，就借著部裡的紙筆寫了一封短柬，希望仍能由老太監杜勳轉達。總算他找到了管這事的吏目，可是那吏目朝著信柬上的名字直看，承茵還不知有何不妥之處，最後吏目才把信柬塞還給他手中，口內說著：「此人已不在人間，中侍大夫已於兩旬之前去世了。」

他又央得李大人許可，午後告假，趕緊僱了一部驢車，奔赴五姊茂德帝姬宅。只見得一切依舊，蔡駙馬等的門首則有開封府派來的一班警衛把守，奉命不得讓大門內外任何人傳遞消息，他們見得承茵一身軍裝，更是懷疑。他也不敢稍再逗留，只怕找出羈絆。及至回至丹鳳門前市區，已是又餓又累，就順便在附近的麵店裡叫了一碗雞絲火腿湯麵。吃罷正待付帳，只見學士三人進入店中，其中二人乃是去年正月與李功敏同往南薰門裡油餅店喫茶的太學生。他們也因承茵軍官打扮，瞪望著半天，才走過來問著：「你不是年前講《左傳》的徐畫學？」承茵稱是。他也問及太學生：那直講李功敏是否尚在齋舍？太學生等向左右張望了一遍才悄悄的說：「他已在逃。」原來春間太學生以陳東為首伏闕上書，要皇上重用李綱，罷斥李邦彥，曾產生風波，也打死宦官多人。事後陳東自請撤銷太學生名位返里，刻下朝廷又再追究肇事生徒，直講李功敏也不能免。三人中有一個太學生向徐承茵說起。「其實這事怪在李直講身上，那才冤枉。他根本不贊成伏闕上書，還勸陳少陽不要去，只是大家都去，他也不得不去。現在連他也算作為首肇事之人，那就沒有公道之可言。」徐承茵恐怕和他們談論得多，又會再惹起是非，牽涉主官，只能推說有要事不能奉陪。那學生等又堅持要付承茵的餐費，承茵推託至三，再辭不脫，只好道謝叨光，將麵價留在學生的帳單上了。

回到旅邸的途中他心中忖想：那宣和元年底他和陸李一共三人以杭州府舉子的身分來京會試早逾六載，倏忽將近七年。於今落得他們兩人都為亡犯，自己雖逢主官被黜，比著他們卻又遠勝矣。可是自家心頭煩惱，也為他們所無。

及至腳店，陳進忠向前報告。他說：「大爺，大帥吩咐，明日一早上船他要你著布袍，不用軍裝。你的腰刀也可以留在京裡，不要攜去。」

「我知道了，」他回答。「陳進忠，你今後不要『大帥、大帥』的。你稱李大人『知府老爺』好了。」

第十九章

李綱一直沒有做得上揚州知府，他們的船到高郵即有兩淮鎮撫使派來的將校登船，這是奉旨李綱主戰議，喪師廢財，責授保靜軍節度副使，建昌軍安置。那麼他們一行應往江州報到。及至湖口縣，又奉命改派潭州。潭州即古之長沙。歷來即是屈原、賈誼等忠臣被流放的地方，也素負「長沙卑濕」之名。近人則說潭州之南為衡州，衡州之南為郴州，郴州之南為韶州，一經謫放到此等地方，總是繼續追放；越是往南，愈難得脫身。而且此時吳自誠與徐承茵害怕或有來歷不明之人謀害李公。近來有不少被朝廷貶斥人士，總是「遇盜被害」，也不知道是上峰示意，還是下屬藉此邀功，總之即是在無人關注時死得不明不白。李大人既在朝中獨樹一幟，準備對他下毒手的也必有人。吳、徐等又未能帶得兵器，只得和各馬弁每夜攜得竹杖木梃之類在李公臥房外輪值，以防意外。幸虧荊湖南路招討使岑良勝對李大人素來仰慕倒是真心袒護。而且李原任兩河宣撫使的時候，曾呈請給發銀錢絹各百萬，到頭只領得二十萬。當他們在九月應召回汴京時即將支付殆盡。現在李公雖然不是全然兩袖清風，可是也存儲有限。目前徐承茵和吳總管又賴他接濟，所領得的生活費也只有原來的半薪，所以也總是行囊羞澀，理當不復被人覬覦。只是此等事總是難於預料，仍舊不得不謹慎防範。承茵夜間失去睡眠，白晝也甚難彌補，又無法散心，所以至為抑鬱。

至此他不能騎馬操兵，也對繪畫一事失去興趣。那麼還有何等事可做？他發現只有重新習練大字。那湖南的毛邊紙價廉物美，雖比不上宣紙，用寫大字還是得心應手。他每日叫陳進忠，替他磨得一硯好墨，因為心頭惦念柔福，就常寫「壯士有懷難報國，匈奴未靖不言家」的十四字對聯。有一日李公伯紀發現，即加告誡：「徐承茵！人家剛說我們一心主戰，喪師廢財，現在你在謫居閉門思過的情形下又寫這樣的對聯發牢騷，人家還說我李綱主使，要是給他們報到京裡去了，恐怕我們遣派到郴州還不夠數，一定要前往雷州、瓊州！」

承茵立時將所寫字撕毀，可是他見著李公自己的心情也在改變，有時他在室內踱著吟詩，吟的是王荊公的咏商鞅：「自古驅民在信誠，一言為重百金輕。今人未可非商鞅，商鞅能令政必行！」

太原被攻陷之後，已有南方的將校由山西逃回。有一日兩個這樣的將校謁見李公。據他們說：金人攻城的砲架和輜重車輛每架每輛罩著木製屋頂，上用生牛皮和鐵葉覆蓋。人在掩蓋下推行，通常幾百人推行一座。攻城的車輛狀似鵝形，也是全面覆蓋，士卒攀登城垣時才由鵝頸內爬出。即是填塞城下壕溝，也是動員兵伕以千計，全是漢人。所用柴薪土壤也是徵發而來。他們去後晚餐時李大人和承茵與自誠二人說起：「我們越是遲疑不決，只有對方的坐大！我們一個主將，要受幾十個文臣監督指摘，他們的一個行軍元帥就是一個小皇帝，這樣子我們又如何敵得過他們！試問在這種情形之下沒有功業又如何施仁義！」

只有吳自誠還是堅信皇上必然會重用「咱家大帥」。他私下和承茵說起皇上曾將《唐書》裡的〈斐度傳〉一字一句的手抄一遍賞賜咱家大帥，要不是他有心叮囑咱家大帥任勞任怨，他不會將全文一萬二千字一筆一劃的照抄得來。承茵也記得茂德帝姬曾和他說過「為君難」。不過若是真個如此，連皇上自己都不能一言九鼎的對和戰決策，還要叮囑自己親信的大臣忍氣支吾，那也就表示當前的局面難於收拾了。

十一月間朝廷內尚在爭辯在何程度之內可以割地及如何予金主尊號不致傷國體時，敵將斡離不又已率部渡過黃河。有一日徐承茵接到招討使署送來的一件文書，他只推說此不過書畫局裡繪圖未盡的瑣事，心中卻已猜透來件必出自柔福。果然私下拆開一看內中更有一個小信封，裝著帝姬的手箋。這次她所寫的則為〈西江月〉詞。文為：

漢地煙塵在北，為何遣戍南荒？
別來音問久渺茫，思君露染征裳。
九嶷山裡深處，洞庭湖岸近旁。
遙望著女英娥皇，淚隨斑竹留芳！

他一看就知道「漢地煙塵在北」出自高適的〈燕歌行〉。原文為「漢家煙塵在西北」，只省改了一二字。其他也不待多解釋，娥皇女英為帝堯之二女，嫁與帝舜為后為妃。歷來是先娥皇後女英，現因押韻將次序顛倒，也將就了柔福一向行文的慣例。她們在湘江沿岸尋夫不得，淚灑竹枝成斑點，世稱「湘妃竹」。因此這詞字的婉轉悽愴為她以前的筆墨所無。她既已打聽出來他目下身在潭州，必然也知道他在陪著李綱大人被謫放，因此才有「遣戍南荒」的字句。她也關心他可能因此吃苦，所以才提出「露染征裳」。再有「淚隨斑竹留芳」表示著命途多舛，無計可施。這一切憂怨焦慮，都不像她柔福一向好強自信的態度。因此承茵讀罷納悶，更因無法遞送回書而額外的懊喪。至此連李大人也感覺到承茵心神失常，連問是否京中來信有大不好之事。承茵只得推說書畫局裡的同事因著烽火再興而焦急，他自己則愛莫能助，也不免為之神傷。

好容易挨至月底李綱接到皇上的蠟書，命他率領潭州兵馬勤王。李公與岑招討使商量，先抽派三千五百人，使李帥不日啟程。承茵與吳自誠也換上了原來藏在行囊裡的軍裝，又經招討使署發給各人的軍刀與馬匹。承茵也仍掛著進勇副尉的頭銜，連日與先行的指揮都頭接觸，也詢察所攜帶的供應與派給的船隻。此時大家心頭歡喜。這支荊湖義軍人數雖少，卻是主帥的親兵。

而正在這忙得不可交分的當頭，徐承茵接到一封家書，信係小妹蘇青所寫，說是父親病重，要他回家。他一時又急又惱，真恨不得像屈原一樣，立時跳到汨羅江裡去，此時距隊伍啟碇開拔尚有三天。他決心先不聲響，盡力先替李公將各事安置妥當，直到臨行前夕，才將家信呈給李帥觀看，請他決定何去何從。

到頭他倒免了這番周折。原來這封家書稱父病的信由董同興刀剪店轉達。董家總店開在杭州府城內，與潭州分店的來往信件卻並不十分頻繁。承茵接信時去蘇青遞信已近一個整月。三日之後又接到一封來信，信由福盛綢莊轉，在路上倒只走了八天。這封書信由陸澹園執筆，說是顧及刻下大勢，已與蘇青提早成婚，暫時仍住在岳父徐家大屋裡。承茵猜想，大概餘杭縣的縣令還是有文書要逮捕他，他還是要繼續躲過一段風聲，所以暫時不惜為徐家贅婿。要在平時他自己少不得一場議論，現在則是木已成舟。況且他信內又說及岳父的病看好，他也知道姻兄公務繁重，如果事忙倒不必牽掛，他和蘇青大可應付。看到這裡他已經鬆了一口氣，只好更相信各人之事早由命中安排。他自此也更用不著為家中之事過度擔心。

閏十一月這支勤王軍到達武昌，只因連日風雪，大帥還在與各將領商議是否應走近路登陸，還是由水道多省一部人力，繞過大別山後才走陸道不遲。此時已有兵部快報至驛站說是京師已被金人攻下，皇上與太上皇一道蒙塵。這消息來得如是突然，自主帥至士卒都瞪眼咋舌不知所措。各人也在水次徘徊，全沒有了主張。直到午後逼近黃昏才有當地驛丞問得明白船中尚有李綱大人伯紀在。他就親來呈上一封書信，據說信到驛站已兩日，只是昨前兩日尚無從探詢得李公行止。發信人則為康王構。原來康王自金營脫走之後已奉旨在濟州開大元帥府。現在局勢如斯，他準備不日南來主持大局。他要李伯紀先往江寧府待命。

第二十章

范翰笙又清出一張畫稿，他用手輕輕的撫平紙上的摺角。嘴裡卻說：「這班金人做事真不含糊。他們不動手時什麼都不動手。一下毒手即使你無噍類！」

承茵聽到這個，他已經對所說的失去了切身的感應。他已經遲來了兩個多月，他希望這兩個多月的經歷只是一場夢寐。所以他承望著將此時此刻一概擯放於現實之外。他憾不得即時就是明天。他可以倉皇就道，重新與現實接觸。

他後悔當初不應當隨著李綱大人離開汴京。要是他早知道張翰林學士會在圍城之前棄官逃返東武原籍，那他則早可以接受五姊茂德帝姬的建議，將他畫圖的工作取而代之。也用不著掛慮是否不仁不義，自己所畫是優是劣，只是在太上皇退位之前，取得官階，與柔福成親再說。要是如此，那他徐承茵自己早可以免去了「遣戍南荒」和「露染征裳」等節。自己心愛人也不至於寫「淚隨斑竹留芳」的涕泣之詞了。

可是這一切都是前年端午前後之事。從前年五月到今年之初，還有一段很長的時間，即是自己投筆從戎，隨著李綱大人去河陽軍前，被任為進勇副尉，當中仍有很多機緣可以放棄世俗的拘束爭取主動。即算隨著主將被謫放潭州，以後舉著蠟書勤王，徐承茵始終沒有失去一向的自信。他記著自己對柔福說的「但教心似金鈿堅，天上人間會相見」的誓約。當初他對她說的「聖代即今多雨露，暫時分手莫躊躇」雖係因襲前人的文句，也確出於衷心的信仰。對布衣徐承茵講只要趙柔福以天潢帝裔之尊，對他自己一往情深，則好事縱多磨，困局沒有不能打開的道理。

事實的發展卻逼著他由懷疑而轉向於失望。本來任何情景下的兩地相思也耐不住經年累月的隔絕。他和柔福既然無從魚雁頻傳的保持接觸，而他自己的一股胸頭喜氣也只能壅塞著而不能在人前聲張。所以他替他兩人所描畫的燦爛前景，一向偏由內心的意志力作主，缺乏外間條件的支持。一旦情況惡化，那孤立著內在的信心，到底敵不住現實的折磨，而更感覺得沒有憑藉了。

新年前他徐承茵隨軍在武昌城下得獲汴京被攻下的消息，已經覺得心神無主。而主帥李綱大人，接到康王構的密緘之後，雖則放棄了北上勤王的計畫，卻沒有立即遵奉康王指示，率軍逕往江寧府的打算；他只率領著從潭州帶來的兵馬在江上徘徊。原來過去一年多朝廷既是不戰不和，卻又要戰要和，主持大局的人動輒得咎，各地方官更是不知何去何從。加上徵兵派餉的詔令疊下，各府尹縣令既不敢怠慢了朝廷，又害怕催逼得過緊激成民變。及至國都失陷各人的安全更沒有了保障，於是大家都控制著手下的資源不放，大宋帝國實際已在旦夕之間瓦解。他李綱大人固然是忠毅之士，熱血漢子，卻也不能不顧現實。他帶著潭州來的三千五百人馬，原來各人以為主帥既有皇上的蠟書，經行各地，到處有地方官的承應，軍餉糧秣固無問題，即是人員馬匹也可能一路增添，各將校軍士尚可能進級升官。現在這類希望既成泡影，如果他率領兵眾縣往一個疏生地方，當地官員接頭不得，或是不肯賣帳，那他手下三千五百人嗷嗷待哺，不是隨時可以產生肘腋？事實上大江南北，類似的變亂都已發生。好的地方各府尹縣令擁兵自衛，原來的團練更名正言順的成為了地方武力，他們自己不離開自己的疆域，也不許客兵過境。壞的地方只有縣官在逃，軍士嘩變，為盜為匪的情形已經叢見迭出了。

承茵仔細觀察，李大人倒是有意前往江寧府，但是他一路緩進穩紮。他用著避風雪為名，每日只讓各舟船解纜航行三五十里，經行蘄州、廣濟、江州各處都用著勤王的名義向州縣索要糧秣，也仍離不了將兵船寄碇城下，帶著半逼半勸的態勢，使一行艙中的積蓄日益增多。他也儘量利用各地軍郵設法與康王聯絡。自己則往來於各船隻之間，不時與潭州來的將校飲酒聚餐，以固結人心。

他們沿江而下，處處不乏名勝古蹟，有如經過劉禹錫吟誦的西塞山和白居易在潯陽江頭的送客亭。可是承茵一心記掛柔福帝姬，無興欣賞。尤其記起當年在蔡駙馬家中因提及白香山而兩人開始定情，至此只更增加心頭的憂鬱。

有一日船泊近於大江北岸。他觸想到古人放蕩襟懷的行跡。自忖何不也效法前人，來一段捨舟登陸，月夜之中只向開封府單騎馳騁而去，以便與心愛人團圓？可是眼前即有百來尺的蘆葦水沼，又如何得登彼岸？況且自己囊空如洗，難道千里征途路上的酒店客棧全由不計錢財的義士招待？他也知道橫阻前途的即有股匪二起：左為李成、右係張用，他們也都因官軍欠餉而坐大。他徐承茵果真有膽識，可以憑三寸不爛之舌將他們勸服，使他們能去順效逆，各大小嘍囉立即宰豬屠牛的祭天，並且隨著他進軍汴京勤王？徐承茵心頭苦笑，也真是不到事端不知實，可見得前人所稱奇事奇人，大部分係文人憑空捏造。即縱有其事其人，當中也必仍有縱橫曲折，決不如傳說之簡單。要是他徐承茵果真被李成張用等人擄獲如何結局？難道他們不會解除他的軍刀，脫下他的皮靴，將他沉屍江底？

又數日去荻港不遠。他在船舷張望，即景成詩一首：

艨舫相聚在渚邊，荻港姚溝淡若眠。
頻年躑躅成夢幻，幾度馳驅付塵煙。
寄身荊楚已非策，躍馬幽并總無緣！
思卿慮君日已短，逝水東流向雲天。

吟罷他退返船艙尋出紙筆用正楷謄出。只是船因江上晚潮而顛簸不已，寫下來筆劃參差，看來已不順眼。原來他想把此詩混入軍郵之中，僥倖的或者可以送至宮中蘭薰閣柔福處，所以詩中稱「思卿慮君」以道相思之苦。可是現在皇都已經金人掌握，他的詩中提及「躍馬幽并」已是不妥。及至想到將此句刪去重寫，則更覺悟到全詩意態消沉。本來此七律至難送至柔福處，現在看來果真送達也不能給她任何好處，只有表示自己的低能與無志向無主意。想來想去，他只有將這一紙書籤，搓作一團，用力的向船舷外擲去，真的讓它「逝水東流向雲天」了。

至此他已領悟到自己與柔福不僅婚姻無望，而且來世今生要見一面也是為難。想罷無限的惆悵。那夜他輾轉反側，只是不能成眠。及至凌晨剛一閉目即夢見柔福披髮跣足的被人拖去和番。她口稱：「徐學諭救我，不要把我畫作王昭君！」他自己使勁追趕前去，卻是追趕不上，口內想呼稱：「我徐承茵在此！」也叫不出聲，只在倉卒之中跌倒在地，噗通有聲。然來這夢情是假，跌倒是真。那夜他沒有用船艙上牀邊的護身板，船受潮傾側，他隨著倒地。何以夢情會與實事連綴一起，承茵百思不得其解，心中更只覺得蹊蹺。幸船上胡牀高度有限，跌倒並未釀成巨災。

徐承志氣消沉已為主帥窺見。有一日他擯去左右，獨召承茵至他船中賜坐，兩人促膝交談。承茵以前沒有留意，李大人風采依舊，談笑也如往日的怡然自若，可是從額間髮鬢上看去，這半年以來到底也衰老許多。

「徐副尉，」李帥首見指出，「你這些日子氣色頹喪，年輕人不當如此。我們縱是憂君懷國，縱處逆境，仍舊要記著『君子坦蕩蕩，小人常戚戚』的至聖名言。不然如何能障百川而東之，扶狂瀾於既倒？」

「是的，帥爺，」承茵喃喃的答應著。他原想李公詢及私情，即打算將自己與柔福帝姬的一段交往據實吐出。現在李公只以君國社稷為重，責成他扭轉乾坤，那他徐承茵也不便因私事而置喙了。

李公問著：「你知道我這番部署的用意嗎？」

承茵回答：「大家都說主帥的策略是緩進穩紮，先聲奪人。」

那李綱面帶微笑。他對部下的觀察點頭認可，接著也再加解釋：「我們已逼近一個治世與亂世難辨難分的關頭，此中有一個誰也不服誰的態勢。我只怕處理得不好，把表面上平靜的局面打破，以後更不容易收拾。康王元帥要我先將金陵一帶收檢過來，作他南來的基礎，此事並不甚難，但是要做得爽快俐落，不生事端。你徐承茵熟讀《孫子兵法》，〈兵勢篇〉有一個八字祕訣，你想還記得？」

承茵不加思索的回答：「求之於勢，不責於人。」他接著又解說：「吳總管說帥爺已傳出消息，你在江上等候後續部隊，所以江右那些正牌雜牌預先已知道帥爺以雷霆萬鈞之力前來坐鎮，他們不能不歸順。」

「吳自誠這樣的說嗎？他的話頭太多了。」李公不經意的譴責，但是看他的表情，他還是在含笑嘉許。「你們說我緩進穩紮，我不能操之過急。我在舟船上多積糧草，也是順著《孫子》：『先為不可勝，以待敵之可勝』的原則。」

他並且解釋此中的「敵」不一定是真正的敵人。凡是意態猶疑不懷好意的分子，都應當視作假想敵看待。他自己固然不能操之過急；不過緩進穩紮也有一定的限度，現在聲勢業已造成。明天起這整個船隊將張帆疾行，他預定後天一早到江寧府，這才叫做「先聲奪人」。

這時主帥再吩咐他的幕僚：這批潭州兵馬一到江寧府，立即駐紮江邊，所有的船舶並不立即遣散，仍歸吳自誠總管掌握，構成一個水上兵站。他將以防禦使的舊頭銜招致當地文武進謁，並且隨即要徐承茵跟著他到各處視察。既然是「求之於勢，不責於人」，他們也不多帶兵弁。如果被一團衛士簇擁，反使人家看輕他李某個人的威望。至此李大人用食指指點：「你徐承茵只要把你在河陽那一種派頭表現出來，我們就沒有問題了。」

聽到這裡徐承茵知道此番任務不乏冒險造勢的成分，因之挺起胸膛，額外的正襟危坐。李大人眼見訓誨奏效，他又帶笑再加指責：「所以從今天起你要徹底掃除愁眉苦臉的晦氣。要不然我只有用關禁閉的辦法，將你鎖在船艙裡。」

看來這也仍是李帥激將之計；承茵禁不住跟著微笑。

李帥的好消息還留在後頭，他就此講解：「古人說：『先安內而後攘外』，這話是不會錯的。只要我大宋軍民團結一致，那蠻夷戎狄又何足畏？他們縱狼奔豕突，最多也糾集不到十萬騎；而我們則百萬大軍瞬息可致。你知道怎麼樣的？現在雖然京城失陷，皇上與太上皇蒙塵，只要我們大宋矢志成為一隻百節之蟲，至死不僵，他們金人仍舊不敢造次。他們一聽得我們在南方有整備，大家都枕戈待旦，他們也不得不收斂行跡。我已經有了從汴京來的匯報：今年元旦我們固然派人向他們道賀。而他們敵營也仍派員向皇上和太上皇答禮。這樣看來解京城之圍不一定要北上勤王。康王大元帥的計謀也是如此：他目前手下兵馬也仍不過一萬兩萬。如果立即進兵開封也仍是以卵擊石，所以他打算由相州至濟州，經宿州轉揚州，一路偏東向南的發展，收集各處團練義勇，將來根基一固，也仍可以不戰而屈人之兵。」

經過這次元月的訓誨，徐承茵果然抖擻精神。他知道所謂建軍功有一個廣泛的含義。要真的不戰而屈人之兵，那他跟隨著李帥來往馳騁也可以算作汗馬功勞，也仍可以倚之與柔福成親的機緣接近。

這樣一來他又隨著李綱大人在建康城裡一住月餘。白下街的一所官廳稍加修葺，成為了防禦使的帥府，徐承菌的官銜也由副尉進為校尉，陳進忠也隨著水漲船高，補為一等驍騎，可以在馬纓上掛紅。不時承茵仍跟隨著李帥巡視各處，初在城內，次在近郊，終遠至句容、溧水等處。所檢閱過的團練即編組成軍，遠近各處錢糧也掃數解帥府庫房，以便集中分配。這樣子朝夕不解，只忙到二月中旬才稱各事底定。至此徐承茵胸中有了六七分把握，他鼓足餘勇，持著柔福前後給他的三首情詩，一在深宮懷念在江南的他，一鼓勵他建功邊圉，一埋怨他與李公同被謫放，前往請防禦使給假，讓他隨帶陳進忠前往汴京俟機邀接帝姬南來。

李綱一看柔福帝姬的詩箋，當然受感動。並且一想及徐校尉承茵隨著自己南北奔波，夜晚值勤侍衛，在危難的關頭禁口不提私情各節，至此他沒有再不成全的道理。於是他當場批准：徐承茵給假兩月，准帶隨身馬弁往京，過去所欠薪給全部補足，另賜白銀一百兩，綵緞二匹，在南京防禦使的特別費內開支，還連夜親筆寫了一封呈皇上的密奏，託著進勇校尉帶去東京。他叮囑承茵早去早回，自己則以能任用皇親駙馬為近身幕僚為榮。徐承茵還說只是造次的向皇妹求婚，李綱看來，卻是木已成舟，僅是柔福帝姬的三首情詩，也已是國朝佳話，他李某也因著「漢地煙塵在北，為何遣戍南荒」而跟隨著聞名千古了。

所以徐承茵心頭歡喜，他一路胡思亂想，把自己立家、省親，請求皇上給妹夫陸澹園好友李功敏特赦，為五姊茂德帝姬關注（他還記著自己老早就稱她為「好姊姊」），都翻來覆去的想過。只是旅途一路風雪，南來避難的人口眾多。他和陳進忠在路上一走就是二十多天。

及至來到陳留縣，距此至汴京只一日行程。他聽人說及金人已在三日之前北撤，他更是高興，心想果真不戰而屈人之兵，皇上開懷，所請不會不准。次日又至興隆莊，當地有一所碑亭，上書「皇都在望」四字，所以路人稱為「在望亭」。這裡所得的消息卻非常的突兀。原來金人北撤的消息是真，他們去時卻將當今皇上、太上皇、六宮妃嬪、皇子、帝姬以及皇親國戚也一併擄去北行。徐承茵還以為這是傳聞失實。金人縱無理也不可能把皇室幾千人掃數擄去。要是果真如此，那皇孫妃嬪等，他們生平舉步不離車轎，又如何能叫他們僕僕征途的北去？好在入京在即，不久他當詢及究竟。

他們從陳州門進得城來。入京第一個印象即是城內外騾馬全部絕跡。城門口及街頭軍士都戴赭紅色臂章，上有白色楚字。人人如是。他和陳進忠無此標幟反為人注目。他們好容易尋到一家腳店安身，就便問及時下物價，才得悉一般都已翻了一番。

原來路上聽說金人劫駕將皇上、太上皇擄去的消息是真的。

這班金人將太上皇和當今皇上全部宮闈又併皇親國戚一共三千多人，合用各色騾車七百餘輛全部劫持而去。此中詳情，已為都人共見。因為二月下旬以來金人即拼合著開封府的降人在城裡造冊子，街坊上五家聯保，不得藏匿金銀、隱蔽皇室，違者處斬。臨去之前他們又封曾在他們營裡當過人質的少宰張邦昌為南朝皇帝，國號大楚，以赭紅為服色，這是刻下軍兵所帶臂章的由來。

徐承茵來去打聽，他極想知道柔福是否有逃脫潛匿的可能，最後得悉只有一個老太監眾人稱為駱賓公公的，與開封府的官員有交往。於是他將南來帶著的綵緞刻下無其他用途，外並白銀十兩，當作門儀，去曹門後街求見此人。所得的也仍是失望。這老太監也在讚賞金人作事有條理。他說趙家皇室總共只有三人得脫。一為康王構，宮中稱為九哥的，往歲派往金營當人質，因為他不肯低聲下氣，金人不要他，責成他南回與另外一位親王交換，因此路上得脫。還有一位則為哲宗的元祐皇后，曾被朝中廢為庶人，現居相國寺後街，開封府也因為她具庶人身分，免列名冊內。還有一位則為恭福帝姬，她還不滿周歲，為宮人藏匿。「除了這三位之外，趙家天子的血親全給他們斬草除根的載運到北方去了。」

但是駱賓公公到底也給徐承茵一個重要的消息：金人北撤之前將開封府的檐子騾車搜括一空，去時卻分為兩路：皇上、皇后、妃嬪、太子和宗室由南薰門出西行，他們擬過鄭州後折北。太上皇與親王、皇孫、駙馬和各帝姬則逕由封丘門北行。

所以徐承茵想追及柔福，他只有出北門。

這時候陳進忠說：「要去也只能明日動身。大爺，咱們人吃得住，這牲口吃不消的呀！」

徐承茵一入汴京知道趙柔福已被金人擄去，他一身已冷去半截，只覺得四肢乏力。他知道此時如不積極振作，可能立即癱瘓下來。他往北追逐的決心，也出於這時的無奈。他是否能追及金人的行列，追及又如何支付，他全沒有把握。心裡只想他與柔福愈接近愈好。以後只能按情景再作計較。

他看到陳進忠一臉愚憨的子，也免不了胸中的矛盾。他的馬弁提出了兩項要求：他們為著自己的安全，也應當戴赭色臂章。這兩匹馬都各有蹄鐵待換，北上一切都在未知之數，至少也應預備一點乾糧水草。當進忠訴說得使他無地自容時，他不覺怒氣發作：「陳進忠，我知道你不願去！那你也用不著找藉口。這樣好了，我一個人去！你明天獨自回江寧府去向帥府裡銷差！」

說完他立即想到果真自己匹馬單身的往來於大河南北，又免不得心寒。再一想來自己也沒有強迫陳進忠和他一道北去的理由。他們一道上汴京，自己靴裡有了李公呈皇上的密奏，還勉強可以說得公事纏身。現在皇上已往另一條道路，他自己也更沒有理由令此忠僕隨著他冒此不必要之險，逕往北行。

他還在躊躇，那陳進忠卻張開大嘴帶笑說：「大爺到那裡去，咱也到那裡去！咱家行伍粗人，靠大爺作主，用不著自家銷差不銷差的！」

徐承茵當時如釋重荷，他感激得幾乎要與他的馬弁和忠僕跪下來一同結拜金蘭。他的感激沒有見諸顏色和言辭，但是他已答應了進忠的要求。他們往附近的裁縫店買來了兩幅楚字臂章。這不是奉金人之正朔了嗎？他再一想及如果追及北上的車列，他們也少不了這臂章作護身符，什麼奉正朔不奉正朔，且到那時再講。他也同意讓陳進忠將兩匹坐騎週身刷擦一陣，該換蹄鐵的換過蹄鐵，又給他碎銀約五兩，讓他採辦給養，準備明日成行。自己則仍不能空著無事，所以他隻身步行到書畫局，指望找到舊日同事，也繼續打聽消息。至此才發覺局裡的人員早已避走一空，獨有范翰笙在。一經詢及才知道張翰林學士一直沒有領到他的犒賞，只在圍城之前逃返東武縣。而翰笙也並不是因為關心工作而到局，他不過收撿畫稿，作自己日後營生之計的打算。

初時徐承茵還因為自己戴著赭色臂章而感到尷尬。他急忙解說，他自己只怕城中人誤以他為逃兵或逃官而生事端，所以戴上這楚字臂章為在京權宜之計，其實局勢如斯，他自己已決心解甲歸田。那范翰笙聽得正中下懷。他用手輕拍著故人的肩膀，嘴裡說：「承茵兄，解甲不一定要歸田！你如果不嫌棄的話，和我一同到舍下去。我家在渠州鄰山郡，又有登高山和華鎣山，是一個不當衝要的地方，避難的良好場所。況且又有渠江通嘉陵而達大江，進去不容易，出來卻不甚難，你就和我住個他一年兩載，躲過目下這段風波再講！」

他看著故人的赭色臂章接著又說：「我看這大楚也搞不出什麼名堂。他們都說張邦昌人微言輕，自知當不住九五之尊，他惟一的出路是替元祐皇后平反，再讓元祐以太后的資格下敕，立康王為帝。他們還說靖康元年就包含著『十二月，立康王』的六字暗語，這聽來也是蹊蹺。豈有大金立大楚，大楚又使大宋太后復辟，回頭再讓大宋中興的道理？所以遲早之間南朝搞不出什麼名堂，金人還要捲土重來。我們避過這場災難再說！」

可是他的建議，卻並不只是邀故人到他家裡作食客，而是要承茵幫他重畫《清明上河圖》出賣。「畫他個十幅八幅」，「這畫幅早已聞名遐邇，也不怕沒有買主！」

徐承茵雖在十分苦惱之中，仍禁不住心頭暗笑。他前年曾一度忖量重畫《清明上河圖》，也曾計量過用范翰笙為助手。現在翰笙卻建議聘他自己為助手。這時候他也不便將自己北去追蹤金人車列的計畫托出。他還想在范翰笙口中得悉一些關於金人的情節，於是他沒有一口回絕他的建議，只勉強的掙扎著說：「讓我想一想再說——」稍一停留之後他繼續著說：「你剛才還說千萬不要以為這批金人不過是蠻荒之野人——」於是范翰笙一面清理桌上的畫稿，一面敘述著過去三個月來乾坤顛倒河山變色的經過。

要概括汴京失守，皇上蒙塵的經過並不甚難。范翰笙的建議乃是凡事都向它最壞的出處想去，想到不能再壞的場合裡又猛忍著再加他三四分，那就逼近實際情形了。

比如說金人兵臨城下三十一天，當時攻城不下，竟還遣人來借糧，朝廷也不能決定與或不與。又譬如說，兩方堅持不下時，我方出現一個妖人郭京，自稱只要給他七千七百七十九人，他能以「六甲法」去敵。而當局也真讓他施行。那天城樓上的兵士撤去，大開宣化門，郭京在作法時遁去，宣化門則在當日失守。圍城雖有三十一天，實際作戰卻只有七天，金人攻城器械如礮架、鵝車、雲梯都在近郊臨時製造。要真是內外夾攻，那敵方又何能招架？但是我方進攻的部隊不是履冰覆頂，則是見及對方驍騎不戰先潰，神臂弓也不能奏效，有了這麼多的缺點，還想轉敗為勝也是緣木而求魚了。

作戰時兩方兵力多少？我方的防軍，原稱衛士三萬，恐怕實際一萬人不到。各地勤王軍開至汴京的則始終只有張叔夜的一軍，也稱三萬人，實際數目則無人知曉。金兵人數也始終不明。但是閏十一月初一我軍出擊動員一萬人，敵將斡離不只能以五千人對付，也可能見其梗概了。即是後來粘罕的一軍從山西開到增援，恐怕其總數仍不出五萬，內中尚有眾多的遼人與漢人。只是我方人心已去。去年第一次攻城戰時各地勤王軍都吃力而不討好，又是和戰不決，敵人負隅時則不准發矢石，這次遠近援兵都不來了。我方重鎮像西京與鄭州都不戰而拱敵手，即真定洛口也只稍稍抵抗即告淪陷。黃河不守，各處軍民仇殺的案件常有，圍城時奸商背糴，這類情形重見疊出，而不是單獨發生的事項。

「承茵兄，」翰笙放下手中畫稿對著徐承茵說，「你說你家帥爺建功之後得罪於朝廷，說他李綱主戰議喪師廢財。其實整個朝政與人事又何嘗不是如此？當初既稱蔡京、王黼、童貫為奸臣，將他們一家一戶處死害死，卻又在最後關頭發下詔書要重用他們所薦人。當初把主戰的人士流放，你家帥爺在內；一到情勢危急，又到處送蠟書。這類蠟書大都被金人截獲，他們更看透朝廷的虛實……。」

聽到這裡徐承茵插入一句：「我們在南方只聽說金人雖取得東京，他們對皇室仍舊尊敬。今年元旦他們也仍向皇上和太上皇道賀。」

范翰笙面上一陣苦笑。「這才是金人厲害的地方了。所以我說他們不動手時一切全部都不動手。一下毒手即使你無噍類！」

據他所說兩國交兵，一方把對方的國都攻陷，當初保持著對等國家之常禮，元旦互派使節來往都是真情。但是暗中他們已在一步逼一步，將管制加緊。他們首先指定皇上和太上皇脫離宮廷，移居青城。青城在南薰門外五里，為皇上向上蒼祈禱的場所，歷來只有布幔，至太上皇時才用磚瓦築為房舍。遷居之後二帝失去了在宮廷裡吩咐百官的權威，而且又逼近他們金人紮兵的地方，從此縱有勤王軍他們也無法救駕。次一步他們利用二聖的名義詔令都人繳納金銀，軍民停止抵抗。更次之他們挾兩帝親至金營，謁見斡離不和粘罕二帥，可是見面時，他們尚且說及自古有北即有南，有南即有北，好像他們無意傾覆大宋社稷，將來仍可以保全兩國邦交，縱有積怨也仍可以用割地賠款和互派人質的方式解決。可是日子一久，進一步的逼迫也來了。凡是指令開封府尹叫人民不得藏匿皇族，各門戶互具五家聯結，對仗義執言的人士當場打死的事態也做得出來了。又一直等到金銀交足，皇室也清查得人數無缺，各地勤王的風氣早已煙消雲散，他們才勒令皇上作降書。這降書一遞呈給金主，他即名正言順的廢二帝為庶人，當場逼著更衣，不兩日就差發著北行。

「整個皇室被架劫不算，」，翰笙加著道出，「他們也擄去內外名臣如張叔夜、秦檜等，即是祕書省的臣僚，宮廷內手藝高超的官匠，甚至街坊上出色的妓女都不得免。」

他們又將宮中車輅、鹵簿、冠服、禮器、法物、大樂、教坊樂器、八寶、九鼎、圭璧、渾天儀、銅人、刻漏、庫藏、天下圖籍、祕館文書也一併擄去。說到這裡他又帶譏諷式的加上一句。「這連咱們翰林學士主持，你我襄助畫出的《清明上河圖》一併在內。只不知道是正本還是副本……」

承茵感到驚愕：「這圖還有一幅整個的副本？」

「哦，」翰笙解釋：「我忘記告訴你，當你調到集賢院為著作佐郎之後，翰林學士又畫了一幅整幅副本。緣由為畫中十字街頭有一個轎前進湯的侍女，原圖全身長裙宮裝，有貴婦模樣，聽說是大璫杜勳所喜。另外一個大宦官稱為隱相梁師成的看來卻不如意，他又引用皇上的名義，指令張學士整幅重畫。除了這侍女之外還有十千腳店門前的一匹馬，馬腳擺放的位置也不同。後來正副兩本都呈上去了。我們只知道亂兵焚梁師成宅，一幅被焚，另一幅則給金人擄去，也不知道哪一幅是哪一幅。好在現在正副兩本都已流失，張翰林學士又已心灰意懶，只望回籍家居不聞問此事。現在只有你我兩人收集到舊日畫稿，再憑記憶之所及，可能重新畫出。所以今日老兄駕到，實為天賜良緣……」

承茵忖想，這樣看來，范翰笙尚不知道柔福當日要扮作轎前侍女的底細。只是這等細節也可能在朝內宦官之中發生爭執，也怪不得整個大宋朝廷不能共億了。什麼是天賜良緣？推而論之，什麼又是國朝佳話，如何聞名千古？他只感到一陣噁心。

他抬頭瞻望窗前，外面又是一陣急雨。他擔心的是明日的征途。

第二十一章　尾聲

《宋史》卷二百四十八有下列的記載：

右三十四帝姬，早亡者十四人，餘皆北遷。獨恭福帝姬生才周歲，金人不知，故不行。建炎三年薨，封隋國公主。

安德帝姬有遺女一人，後適嗣秀王伯圭，封秦國夫人。榮德帝姬至燕京，駙馬曹晟卒，改適習古國王。紹興中有商人妻易氏者，在劉超軍中見內人言宮禁事，遂自稱榮德帝姬。鎮撫使解潛送至行在，遣內夫人驗之，詐。付大理寺，獄成。詔杖死。

又有開封尼李靜善者，內人言其貌似柔福，靜善即自稱柔福。蘄州兵馬鈐轄韓世清送至行在，遣內侍馮益等驗視，遂封福國長公主，適永州防禦使高世榮。其後內人從顯仁太后歸，言其妄，送法寺治之。內侍李愀自北還，又言柔福在五國城，適徐還而薨。靜善遂伏誅。柔福薨在紹興十一年，從梓宮來者以其骨至，葬之，追封和國長公主。

後來有人說：以上所說的徐還，即是本文的徐承茵，他追入燕京後又再往冰天雪地的五國城。金人嘆賞他的恩義，讓他改名為還，終與柔福成眷屬。可是也有人說徐承茵雖為畫官也是志士，況且柔福鼓勵他凌煙閣畫像，他不可能降事異族，大概他在右三十四帝姬早亡者十四人餘皆北還獨恭福帝姬生纔周晬金人不知故不行建炎三年薨封隋國公主安德帝姬有遺女一人後適嗣秀王伯圭封秦國夫人榮德帝姬至燕京駙馬曹晟卒改適習古國王紹興中有商人妻易氏者在劉超軍中見內人言宮禁事遂自稱榮德帝姬鎮撫使解潛送至行在遣內夫人驗之詐付大理寺獄成詔杖死又有開封尼李靜善者內人言其貌似柔福靜善即自稱柔福蘄州兵馬鈐轄韓世清送至行在遣內侍馮益等驗視遂封福國長公主適永州防禦使高世榮其後內人從顯仁太后歸言其妄送法寺治之內侍李㥦自北還又言柔福在五國城適徐還而薨靜善遂伏誅柔福薨在紹興十一年從梓宮來者以其骨至葬之追封和國長公主

真州附近身故。

當年三月北地風寒淫雨不息，泥濘沒脛。據徽宗北狩的紀錄，牛車跋涉荒蕪，一行尚須自行鑿井打水，無居民可與之近接。而《宋史・宗澤傳》也說「澤欲徑渡河據金人歸路邀還二帝，而勤王之兵卒無一至者。」徐承茵只因與柔福曾有「但教心似金鈿堅，天上人間會相見」的誓言，又被帝姬願意效法娥皇女英湘畔尋夫的情節感動，以彼類我，知道柔福和他的處境倒換，她也必一意北行。因之他義無反顧，與忠僕騎南方羸瘠之馬，又無充足糧水，自蹈絕地，必不能持久。

也有人說，柔福也像二姊榮德一樣被金人派嫁番王，此人姓名也真與呼韓邪單于接近，南人也不知底細，只據其諧音稱之為「徐還」。而《宋史》之所謂「薨」，亦即是她不願就，因之像樓華月一樣的自盡。金人慕見她的貞烈才將她的骸骨陪著徽宗靈柩送返南方。不然尚有其他王子皇孫帝姬駙馬數十人，何以只有她得歸故土？

這些情節，至今國內外宋史金史專家幾經考證，仍然莫衷一是。即是《清明上河圖》以此名目出現之畫軸已有十餘件。中國日本和西方考證它的文字又何止千百篇？即博士論文亦有二起。也有人說整篇畫幅與北宋開封全不相干。而當日徐承茵所畫柔福小像，則事隔八百餘年，又在文化大革命後出現，此「淘氣的小妮子」仍栩栩如生，由本文作者向藏件主人得抄繪如下。

當代名家·黃仁宇作品

汴京殘夢

2017年12月三版
2020年2月三版二刷

定價：新臺幣300元

著者	黃仁宇
叢書主編	李佳姍
校對	陳怡慈
封面設計	江孟達
內文排版	江宜蔚
編輯主任	陳逸華
總編輯	胡金倫
總經理	陳芝宇
社長	羅國俊
發行人	林載爵

出版者	聯經出版事業股份有限公司
地址	新北市汐止區大同路一段369號1樓
編輯部地址	新北市汐止區大同路一段369號1樓
叢書主編電話	(02)86925588轉5320
台北新生門市	台北市新生南路三段94號
電話	(02)23620308
台中分公司	台中市北區崇德路一段198號
暨門市電話	(04)22312023
郵政劃撥帳戶第	0100559-3號
郵撥電話	(02)23620308
印刷者	世和印製企業有限公司
總經銷	聯合發行股份有限公司
發行所	新北市新店區寶橋路235巷6弄6號2F
電話	(02)29178022

行政院新聞局出版事業登記證局版臺業字第0130號

本書如有缺頁，破損，倒裝請寄回台北聯經書房更換。 ISBN 978-957-08-5058-1 (平裝)
聯經網址 http://www.linkingbooks.com.tw
電子信箱 e-mail:linking@udngroup.com

國家圖書館出版品預行編目資料

汴京殘夢/黃仁宇著．三版．新北市．
聯經．2017年12月（民106年）．296面．
14.8×21公分（當代名家・黃仁宇作品）

ISBN 978-957-08-5058-1（平裝）
[2020年2月三版二刷]

857.7 106023096